베껴 쓰기로
연습하는
글쓰기책

책으로 세상을 깜짝 놀라게 만들 리마커블한 저자를 찾습니다!

나도 한번 책을 써볼까, 하고 생각하신 적이 있나요?
글을 잘 쓰지 못해도, 출판에 대해서 잘 몰라도, 귀한 경험과 멋진 아이디어 또는
남들이 미처 생각하지 못한 기획이 있다면 당신이 바로 리마커블한 저자입니다.
간단한 자기소개와 책에 대한 생각을 4best2go@gmail.com으로 보내주십시오.
틀에 박힌 출간제안서가 아닐수록 좋습니다. 우리는 리마커블해야 하니까요.
- 잊을 수 없는 책, 리마커블 Remarkab!e

베껴 쓰기로
연습하는
글쓰기 책

명로진 지음

리마
커블

《베껴 쓰기로 연습하는 글쓰기 책》을 낸 지 벌써 3년이 지났다. 국문학을 전공한 것도 아닌데 글쓰기 책을 냈다는 것이 어불성설이다. 다만 책을 여러 권 내다 보니 글쓰기 강의 요청이 들어왔고, 정규적인 글쓰기 강의를 하면서 보니 수강생들이 글을 쓰면서 겪는 어려움과 해결 방법에는 교집합이 있다는 걸 알게 됐다.

그 교집합을 모아 책을 냈는데 과분하게 여러 쇄를 찍었다. 첫 책을 낸 출판사 사정에 의해 책의 발행이 중단되어 이번에 출판사를 옮겨 새로 개정판을 내게 되었다. 의욕 넘치고 신선한 편집진을 만난 것은 행운이다.

이 책에는 총 30가지 글쓰기 원칙이 담겨 있으며, 각 원칙의 말미에 한국 최고 작가들의 문장을 베껴 쓰기 교본으로 수록하였다. 이 글들을 시작으로 이 책에 언급한 작가들의 글을 꾸준히 베껴 써 나간다면 독자 여러분의 글쓰기 실력은 분명히 일취월장하리라 믿는다.

부족함이 많은 책에 흔쾌히 옥고를 실을 수 있게 허락해 주신 그 분들의 이름을 아래에 적어 감사함을 대신한다. (작가들의 이름은 책에 나오는 순서대로 적었다.)

심산, 이철환, 한비야, 정혜윤, 박종호, 이만교, 장영희, 김탁환,
휘민, 전우용, 도종환, 조중걸, 원재훈, 허수경, 김연수, 박범신,
김어준, 정이현, 신영복, 공지영, 조연호, 남경태, 황학주, 성석제,
정여울, 윤광준, 홍세화, 서명숙, 임선경

2013년 봄
안산에서 독립문을 바라보며
명로진

하버드 대학교의 우수 졸업생들을 대상으로 기자들이 물었다.
"어떤 사람이 되었으면 좋겠습니까?"
가장 많은 대답은 놀랍게도 '돈을 잘 버는 사람'도 '유명한 사람'도 아닌,
'지금보다 글을 좀 더 잘 쓰는 사람이 되었으면 좋겠다'였다.

—박하식, 《이젠 세계인으로 키워라》 중에서

   하버드 대학생들이라고 다 옳은 것은 아니다. 다만, 글을 잘 쓰는 것이 그만큼 중요하다는 위의 말에는 동의한다. 글을 잘 쓰려면 어떻게 해야 할까? 정답은 베껴 쓰기다. 나보다 글을 더 잘 쓰는 사람의 글을 베껴 쓰면 된다. 왕도는 없다. 오늘 당장 소설가 김훈의 책을 모두 사서, 첫 페이지부터 끝까지 매일 세 쪽씩 베껴 써 보라. 1년 뒤, 당신은 김훈처럼 쓰고 있는 자신을 발견하게 될 것이다. (김훈 같은 소설가가 된다는 보장은 못한다.)

피아노를 치든, 그림을 그리든, 영어를 말하든, 잘 하려면 무작정 따라해야 한다. 무엇을? 선생님의 연주를, 선배의 화법을, 원어민의 말을. 처음에는 묻지도 말고 따지지도 말고 그대로 흉내 내야 한다. 세상의 모든 위대한 창조는 서투른 모방에서 비롯됐다. 따라 하고 흉내 내고 베끼는, 길고 긴 시간 없이는 창조도 없다.

빅뱅의 지드래곤이 지금처럼 노래하고 춤추기 위해서는 6년의 연습 기간이 필요했다. 처음에는 양현석을 비롯한 자신의 안무 선생들의 춤과 노래를 무조건 따라 했다고 한다. 몇 해 동안의 단련을 마치고, 그는 노래를 만들고 춤을 구상할 수 있었다.

화가 정보경은 미대에 들어가려고 조각상을 수천 장 베껴 그렸다. 미술가가 되려면 일단 그리스 조각상 아그리파와 줄리앙과 비너스를 그려야 한다. 홍대 앞 미술학원 거리를 지나다 보면, 미대 입시생들이 그린 그림들이 건물 밖에 전시되어 있다. 조각상 소묘는 화가가 되기 위한 기본 습작이다. (미대 입시에 이런 소묘가 꼭 필요한지는 둘째 문제다.) 자기 그림을 제대로 그리려면 먼저 선배들의 그림을 죽도록 따라 그려야 한다.

어학은 어떤가? 무조건 원어민이 하는 말을 따라 하는 수밖에 없다. 귀가 트이는 데는 똑같은 영화 100번 보기만큼 좋은 게 없다. 아홉 살 꼬마 명제이는 '모노노케 히메'를 100번 보더니 어느 날 일본어로 말하기 시작했다. (1년 후 거짓말처럼 모든 대사를 잊어버렸지만.) 언어를 배워 입이 터지는 방법? 똑같은 영화를 100번 보고 영화 속 대사를 그대로 따라 하는 것만큼 효과적인 게 없다.

글쓰기도 마찬가지다. 글쓰기를 제대로 배우려면 좋은 글을 베껴 쓰면 된다. 자꾸 베껴 쓰다 보면 선배의 어휘가 내 것이 된다. 선생님의 문장이 내 재산이 된다. 선조의 책이 내 자산이 된다.

이 책은 다음과 같은 독자를 위해 만들었다.

1. 글쓰기에 자신이 없는 사람
2. 지금보다 글을 좀 더 잘 쓰고 싶은 사람
3. 잘 읽히는 글을 쓰고 싶은 사람

이 책에서 말하는 글은 소설이나 시가 아니다. 실용문이나 논설문도 아니다. 정확히 말하면 산문, 즉 에세이다. 편지나 일기, 설득하는 글, 연설문, 칼럼, 여행기가 모두 에세이에 속한다.

나는 국문법 전공자가 아니다. 따라서 문법이나 맞춤법에 대해선 기본적인 언급만 했다. 문법적으로 옳은 글이냐, 틀린 글이냐를 따지는 것은 이 책의 목적이 아니다. 문법을 배우려면 다른 훌륭한 책이 많다.

좋은 글이란 무엇인지, 잘 읽히는 글을 쓰려면 어떻게 해야 하는지, 소통을 위한 글쓰기를 위해 꼭 알아야 할 것은 무엇인지에 대한 질문과 대답이 이 책의 내용이다.

몇 해 동안 성인들을 대상으로 글쓰기를 가르치면서 아쉬운 점이 많았다. 수강생들이 써 온 글을 보며 '이런 부분만 고치면 좋은 글이 될 텐데', '이것만 알아도 수월하게 글을 쓸 텐데', '이것만 염두에 두면 훨씬 글을 잘 쓸 텐데' 하는 생각들이 쌓였다.

그 생각들을 정리하고 다듬어서 원고를 썼다. 나만의 생각이라 공인된 것은 아니다. 오류도 없을 리 없다. 다만, 글쓰기는 '내가 가진 지식과 감정을 상대방에게 글을 통해 전하는 것'이라는 전제하에 썼다. 말이나 몸짓으로 내 의사를 전할 때와는 달리, 글로 나의 무엇인가를 전하려면 나와 상대 모두 이해할 수 있는 언어를 써야 한다. 언어 사용을 위한 최소한의 원칙이 있다. 그 원칙에 대해 말하고자 한다.

내가 말하는 원칙은 오직 현장에서 나온 것이다. 그동안 수강생이나 예비 작가들의 원고를 접할 기회가 많았다. 분량은 200자 원고지로 10만 장이 넘을 것이다. 방대한 사례를 분석하고 정밀하게 따져서 '단순하고, 쉽고, 소통하는 글은 좋은 글'이라는 큰 틀을 세웠다. 여기에 세세한 이야기를 더했다.

각 장의 끝에는 훌륭한 작가들의 글을 실어 베껴 쓰기 교본으로 엮었다. 이 책에 나온 문장이 아니어도 좋다. 좋은 작가의 글을 하루에 한두 페이지씩 베껴 써 보라. 1년쯤 지나면, 글쓰기에 부쩍 자신이 생기게 된다. 그때 쓰는 글은, 이전에 썼던 글과 분명 다를 수밖에 없다.

2010년 봄
홍대입구 집필실에서
명로진

차례

보기에 좋은 글이 읽기도 좋다

행갈이와 들여쓰기

진우? 오진우! 의외라는 수정의 표정! 영준을 통해 알게 된 진우! 영준이 수정에게 대시를 했지만 사실 수정이 애초에 좋아했던 사람은 영준이 아니라 진우였다. 훤칠한 키에 샤프하게 생긴 진우의 모습이 수정의 마음을 설레게 했던 것이다. 수정이 진우의 그런 외모를 더 사랑했는지 사법고시를 준비하는 진우의 미래를 더 사랑했는지는 알 수 없다. 어쨌건 수정의 입장에선 영준이 자신을 좋아한다고 고백한 상태라 그러한 마음을 밖으로 내비칠 순 없었다. 영준을 통해 진우를 알게 된 사실 때문에도 그렇고! 수정이 진우에게 미련을 버리지 못한 이유는 또 있었다. 수정에게 보내는 진우의 눈빛과 여러 행동들……. 수정은 진우도 자신을 좋아한다는 것을 진우가 보내오는 미세한 느낌들을 통해 알고 있었다. 그런 진우의 마음이 수정은 싫지 않았다. 오히려 즐기고 있는지도 모른다. 그 미묘한 삼각관계는 영준만 모른 채 한동안 계속 되었다. 그러기를 여러 달! 진우가 사법고시에 두 번째 낙방을 하고 침울해하고 있을 무렵, 시골에 계시던 영준의 아버지가 갑작스럽게 돌아가시면서 이 셋의 관계는 급속도로 변해가기 시작했다. 외아들인 영준이 아버지에게 상속받은 재산들을 팔아 일산에 단독주택을 사, 어머니와 함께 살기 시작하면서부터 수정의 마음은 조금씩 흔들리기 시작했다.

위 글은 한 수강생이 소설의 형식을 빌려서 쓴 에세이다. 어딘가 모르게 어색하지 않은가? 이 글을 쓴 사람에게 원고를 출력해서 보여주며 물었다.

— 어디가 잘못된 거 같아요?

"글쎄요……."

— 좀 이상하지 않아요?

"그걸 알면 제가 여기 와 있겠어요?"

— 한번 잘 봐요.

"그러니까…… 좀 구성이……."

— 아니, 그런 거 말고.

"저, 글쓴이의 의도가……."

— 그것도 아니고!

"아이고, 차라리 절 죽여주십시오!"

강사와 수강생의 대담이 갑자기 금부도사와 대역죄인 간에 오가는 문초와 실토로 바뀐다. 다른 수강생들이 웃음을 터뜨린다. 여러분은 눈치챘을 것이다.

글의 내용을 읽지 말고 문단 전체의 모양을 보라. 한 번도 줄 바꾸기를 하지 않았다. 이게 이 글의 가장 어색한 부분이다. 제대로 된 글을 쓰려면 먼저, 줄 바꾸기를 해야 한다!

'속았다'고 생각할지도 모른다. 글쓰기에 대한 원칙을 배우고 글을 더 잘 쓸 수 있다는 선전 문구에 속아 책을 집어 들고 보니 처음 하는 이야기가 줄 바꾸기를 해라? 차라리 좋은 필기구를 사라고 하지 그래. 이렇게 생각할 수도 있다. 이해한다. 위의 글에는 줄 바꾸기를 하지 않은 것 말고 잘못된 부분이 또 있다. 문단의 첫 줄은 한 칸을 띄어야 하는데 그것도 지키지 않았다.

'겨우 이런 거였어? 사기다!'라는 생각이 드는가? 조금만 기다려라. 글 쓰는 사람치고 사기꾼 못 봤다. (아니, 사기꾼치고 글 쓰는 사람 못 봤다.) 나 역시 사기꾼은 아니다. (나한테 속았다고 생각하는 옛날 애인들의 생각은 제외.)

위 글의 내용을 읽지 말고 다시 한 번 보고, 다음 글을 보라.

진우? 오진우! 의외라는 수정의 표정! 영준을 통해 알게 된 진우! 영준이 수정에게 대시를 했지만 사실 수정이 애초에 좋아했던 사람은 영준이 아니라 진우였다. 훤칠한 키에 샤프하게 생긴 진우의 모습이 수정의 마음을 설레게 했던 것이다. 수정이 진우의 그런 외모를 더 사랑했는지 사법고시를 준비하는 진우의 미래를 더 사랑했는지는 알 수 없다.

어쨌건 수정의 입장에선 영준이 자신을 좋아한다고 고백한 상태라 그러한 마음을 밖으로 내비칠 순 없었다. 영준을 통해 진우를 알게 된 사실 때문에도 그렇고! 수정이 진우에게 미련을 버리지 못한 이유는 또 있었다. 수정에게 보내는 진우의 눈빛과 여러 행동들….

수정은 진우도 자신을 좋아한다는 것을 진우가 보내오는 미세한 느낌들을 통해 알고 있었다. 그런 진우의 마음이 수정은 싫지 않았다. 오히려 즐기고 있는지도 모른다. 그 미묘한 삼각관계는 영준만 모른 채 한동안 계속 되었다.

그러기를 여러 달! 진우가 사법고시에 두 번째 낙방을 하고 침울해하고 있을 무렵, 시골에 계시던 영준의 아버지가 갑작스럽게 돌아가시면서 이 셋의 관계는 급속도로 변해가기 시작했다. 외아들인 영준이 아버지에게 상속받은 재산들을 팔아 일산에 단독주택을 사, 어머니와 함께 살기 시작하면서부터 수정의 마음은 조금씩 흔들리기 시작했다.

숨통이 트이지 않나? 처음 글이 앞뒤 꽉 막힌 남자 같다면 뒤의 글은 꽃미남 같다. 모든 것이 그렇듯이 글쓰기도 기본이 중요하다. 글쓰기의 기본은? '예쁘게 쓰기'다. 글씨를 예쁘게 쓰라는 말이 아니다. 문장의 처음 칸은 비우고, 세 줄이 넘어가면 되도록 줄 바꾸기를 하라. 의미에 따른 줄 바꾸기가 아니라 길이에 따른 줄 바꾸기를 하라는 말이다. 자판으로 글을 쓰는 요즘, 처음 예를 든 것처럼 썼다간 독자들이 다 도망간다.

글이 왜 보기 좋아야 할까? "여자는 자기를 사랑해주는 사람을 위해 화장을 한다(여위열기자용女爲悅己者容)"는 옛말이 있다. (여성 독자 흥분 금지! 옛말이라고 했다.) 이 말은 《사기史記》의 '자객열전(刺客列傳)' 중 예양(豫讓)의 고사에서 비롯되었다. 예양이 자신의 주인이었던 지백의 원수 조양자를 암살하러 가면서 이런 말을 했다고 한다.

"남자는 자기를 알아주는 사람을 위해 목숨을 버리고, 여자는 자기를 사랑해주는 사람을 위해 화장을 한다."

우리가 글을 쓰는 목적은 무엇일까? 우리 글을 사랑해주는 사람을 위해 쓰는 것 아닐까? 우리 글을 읽어줄 사람을 위해 쓰는 것 아닐까?

시대가 바뀌어서, 이제 자기를 사랑해주는 사람이 없어도 여자들은 화장을 한다. 왜? 자기만족을 위해서다. 그러나 그 자기만족이라는 것도 알고 보면 다른 사람의 시선이 존재할 때 가질 수 있는 것이다.

만약 당신이 영화 〈나는 전설이다〉에 나오는 것처럼, 서울이라는 대도시에 혼자 사는 사람이라면? 그래도 화장을 할까? 자신을 봐주는 사람이 아무도 없는데도 멋진 옷을 입을까? (하긴, 하루 종일 집에 있을 예정인데 화장을 하는 여자도 있긴 있다.)

글쓰기도 마찬가지다. 글을 쓰는 사람은 자신보다 독자를 먼저 생각해야 한다. 사랑하는 사람을 위해 화장을 하는 여인의 심정으로 글을 써라. 그가 마스카라를 원하면 눈가에 검은 떡칠을 해라. 그가 노메이크업이 좋다 하면 기초화장만 해라. (아무리 그래도 자외선 차단제는 필수!)

나만을 위한 글쓰기를 하겠다고? 죽어도 그가 시키는 대로 화장 못 하겠다고? 좋다. 당신만을 위한 글쓰기를 하려면, 제발 다른 사람에게 보여주지 마라. 당신만을 위한 화장을 하겠다면, 앞으로 10년 동안 애인 없이 살 각오를 해라.

줄을 바꾸는 것도, 문장의 첫 칸을 비우는 것도, 모두 읽을 사람을 위해서다. 형태를 바꿔 주면 읽기 훨씬 편하다.

세 줄이 넘어가면 (되도록) 줄을 바꿔라
이런 얘기 처음 듣는가? 앞으로 당신 앞에
충격의 글쓰기 원칙들이 펼쳐질 것이다. 기대하시라.

　내게는 다소 고약한 버릇이 있다. 마음이 울적할 때나 몸이 무겁다고 느껴질 때마다 뜬금없이 물건들을 내다 버리는 것이다. 과학적으로 증명할 방법은 없지만 무언가를 버린다는 행위에는 명백히 자기 해방의 기능이 있는 것 같다.

　이때 버려지는 것은 물건들만이 아니다. 그 물건과 얽혀 있는 앙금 같은 미련과 지키지 못한 약속과 남의 눈을 의식한 허장성세 따위가 더불어 깨끗이 사라져 버리는 것이다.

　내가 정기적으로 내다 버리는 품목들 중에 주변의 지인들을 가장 경악하게 만드는 것이 책이다. 명색이 글을 써서 밥을 먹는다는 작가가 책을 내다 버리다니 욕을 먹어도 싸다. 하지만, 책을 내다 버리고 나면 엉뚱하게도 몸이 가뿐해지는 느낌이 들면서 가당찮은 정신적 해방감까지 맛보게 되는 것은 분명한 사실이다.

　덕분에 내 자그마한 집필실의 책꽂이에는 언제나 빈 공간이 넘쳐난다. 책들로 가득 찬 서재는 매력 없다. 오히려 그와는 정반대로 빈 공간이 자꾸만 책들을 갉아 먹어 끝내는 서재인지조차 모를 서재에 들어서게 될 때에야

비로소 자유로워지리라는 것이 내 허황된 꿈이다.

책을 내다 버릴 때 나의 기준은 극히 단순하다. 이 책을 다시 볼 것이냐 말 것이냐. 제아무리 세계적 평판을 얻은 저서들일지라도 다시 들춰볼 일이 없다면 한낱 진열품이요 지적 허영심의 표출에 지나지 않는다. 간단히 말해서 두 번 이상 읽을 가치가 없는 책은 내다 버려도 그만이다. 좀 더 잔혹하게 말하자면, 두 번 이상 읽을 가치가 없는 책은 한 번 읽을 가치도 없다. 나의 이 자의적이되 지극히 잔혹한 선별 기준을 만족시켜 주는 책은 오직 산서(山書)뿐이다.

— 심산, 《심산의 마운틴 오딧세이》(풀빛) 중에서

심산 산에 오르고 와인을 마시며 글을 쓴다. 지은 책으로는 시집 《식민지 밤노래》, 장편소설 《하이힐을 신은 남자》, 《사흘낮 사흘밤》, 다큐멘터리 《세상을 바꾸고 싶은 사람들》, 산악문학 《심산의 마운틴 오딧세이》, 《엄홍길의 약속》, 작법서 《한국형 시나리오 쓰기-심산의 시나리오 워크숍》 등이 있다.

2강

글을 살아있는
생물로 대하라
글쓰기의 형식

그 사람은 69년생이다.

대학 졸업하고 축협 수입 고기 담당자가 됐다.

쇠고기는 수입했다 하면 돈이 됐다.

단, 축협의 허가를 받아야 수입이 가능했다.

따라서 그 사람은 엄청난 권력을 휘두를 수 있었다.

하지만 기쁨도 잠시 축협이 농협에 흡수 통합됐다.

그토록 힘 있던 자리가 순식간에 없어졌다.

그 사람은 퇴사를 결심했다.

그리고 수입업자에게 찾아가 말했다.

"저 좀 먹고살게 해주세요."

진심이 느껴졌는지 그 수입업자는 미국산(美國産) 쇠고기 한 컨테이너를 신용으로 판매해줬다.

당시 미국산 쇠고기는 한 컨테이너당 1억 5천만 원 정도.

이걸 잘 팔면 5천만 원까지 남았다.

그때는 쇠고기를 비싼 값으로 거래했고 미국산은 맛도 좋았다.

그 사람은 2002년부터 2005년까지 상당한 돈을 벌었다.

한때 광우병 파동이 났을 때 걱정이 컸지만

미국산을 수입할 수 없는데 한국산은 비싸니 미국산 재고 가격이 오히려 폭등했다.

말 그대로 엄청난 수익을 거뒀다.

광우병 파동이 끝나고 수입 제한이 풀릴 때, 그는 다시 미국산을 엄청 수입하기로 마음먹었다.

미국산 업체들이 100억 어치 이상 안 사면 팔지 않겠다고 했지만

그 사람은 기꺼이 몇백억 원의 미국산 쇠고기를 한꺼번에 구매했다.

왜냐? 그걸로 부자가 됐으니까.

하지만 상황은 완전히 달라져 있었다.

이젠 원산지 표시를 해야 한다.

쇠고기라도 다 같은 쇠고기가 아니다.

미국산은 미국산 꼬리표를 붙여야 한다.

그 사람은 그 규제가 무엇을 의미하는지 예상하지 못했다.

미국에서 100억 원에 사서 보낸 쇠고기들이 한 달 후 한국에 올 때쯤 50억 원으로 가격이 떨어져 있었다.

미국산이라는 꼬리표가 붙은 쇠고기는 더 이상 높은 마진으로 판매
할 수 없었다.
결국, 그는 사업 재개 1년 만에 돈을 다 까먹고 자취를 감췄다.

— 이동팔

이 글이 어색하다고 생각되는가? 글쓴이는 한 문장이 끝날 때마다
줄 바꾸기를 했다. 분명 산문인데 마치 시 같다. 나는 이 글을 쓴 사람
을 취조했다.

　— 왜 이딴 식으로 글을 썼는가?
　"내 맘이다."
　— 도대체 왜 문장마다 줄을 바꿔 썼느냐 말이다.
　"그냥, 그래야 할 것 같았다."
　— 이 글은 시인가?
　"나는 시를 모른다."
　— 맞기 전에 말해라. 왜 이렇게 썼는가?
　"인터넷이나 블로그에 글을 올릴 때, 이렇게 쓰는 사람 많다. 읽기
편하지 않은가?"

　그의 말이 정답일지 모른다. 최근 블로그에는 이런 식의 글이 많다.
문장이 끝날 때마다 줄 바꾸기를 하는 글이다. 이런 형식의 글은 잘못
된 것일까?

판단을 내리기 전에 글쓰기 규범에 대해 쓴 김철호 선생의 글을 읽어보자.

한국어는 정말 어렵다. 말이라는 게 다 그렇긴 하지만, 특히 요즘의 한국어는 정신없이 변해가고 있다. 나도 머리로는 우리말의 변화에 대해 너그러워지자고 애쓰는 편이지만, 그 '너그러움'의 폭을 어느 정도로 잡는 것이 최선인지에 대해서는 아직 확신이 없다. 어차피 언어 세계에서 똑 부러지는 답은 없는 법이니, 어설픈 판단을 중지하고 지금 내 눈앞에서 벌어지고 있는 현상을 있는 그대로 받아들이는 것이 정답일까?

어문 규정은 '중요한 참고 자료'일 뿐이다. 규범에 너무 얽매이다 보면, 규범이 내친, 혹은 규범에 나와 있지 않은 '살아 있는 말'을 죽일 수가 있다. 살아 있는 말을 받아들여 규범에 반영하는 게 옳지, 살아 있는 말을 규범에 맞춰 잘라버리는 건 한마디로 집주인과 길손이 뒤바뀐 꼴이다. (……)

내가 쓰는 말이 맞춤법에 맞는지 몰라서, 국어사전에 올라 있는지 확신이 없어서 고민하는 건 둘째로 할 일이다. 첫째로 할 일은, 내 말이 얼마나 많은 사람한테 통할지 열심히 궁리하는 것이다.

—김철호, 《국어 독립 만세》 중에서

야호! 이 글을 읽으니 한결 힘이 난다. 세상에 국어 규정 다 알고 글 쓰는 사람이 몇이나 될까? 장담하건대, 단 한 사람도 없다. 대작가도 문법적으로 틀린 글을 쓸 때가 있다.

규범은 변한다. 학자들이 연구해서 결과를 내놓을 때쯤이면 말은 또 변해 있기 마련이다. 그러므로 맞춤법 노이로제, 법칙 히스테리에서 자유로워지자. '내 글이 옳은 것인가?'를 따지기 전에 '내 글이 통할까?'를 생각하자.

다시, 이동팔 씨의 글로 돌아가 보자. 이 글은 한 문장을 쓰고 줄 바꾸기를 했다. 이 글을 읽으면서 무슨 말을 하는 건지 모를 사람은 없다. 글쓴이는 '읽는 사람 편하라고' 줄 바꾸기를 했다고 말한다. 여러분의 생각은 어떤가? 글쓴이의 생각대로 줄 바꾸기를 하니 읽기가 수월한가?

나로서는 이 글을 읽는 데 큰 문제가 없다. 만약 나와 같은 생각을 하는 사람들이 많다면 "이런 형식은 틀렸다"라고 말하기 어렵다. 실제로 수강생 중에는 정식 원고에도 이런 식으로 글을 쓰는 사람들이 많다. 새로운 형식의 글쓰기가 이제 막 태동하고 있는 듯하다.

그럼 '줄 바꾸지 않고 이어서 쓰기'는 어색하고, '줄 바꾸기'는 괜찮은 걸까? 1장에서 사례로 든 끝없이 이어진 문장은 읽기에 숨 가쁘다. 단지 그 이유 때문에 줄을 바꿔 쓰라는 것일까? 그렇다. 단지 그 이유 때문에 반드시 줄 바꾸기를 해야 한다!

그럼 문장이 바뀔 때마다 줄을 바꾸는 것은 어떤가? 이런 글을 읽으면 호흡이 느려진다. 호흡이 느린 글은 문장 하나하나를 음미할 수 있다. 이동팔 씨도 이런 의도에서 줄 바꾸기를 했을 것이다. "내 글을 후루룩 읽지 말고 한 줄 한 줄 생각하며 읽어 줘."

기존의 규범은 의미 단위로 이루어진 한 문단이 끝나면 줄을 바꾸라고 가르친다. 현재로서는 그것이 맞다. 그러나 이동팔 씨의 글 역시 잘못된 것은 아니다. 다만, 생각해볼 문제가 있다.

그 사람은 기꺼이 몇백 억 원의 미국산 쇠고기를 한꺼번에 구매했다. 왜냐? 그걸로 부자가 됐으니까.

이 부분은 세 문장으로 구성되어 있다. 왜 문장마다 줄 바꾸기를 하지 않은 걸까? 이동팔 씨의 호흡으로는 이 세 문장이 하나로 연결되어 있기 때문이다. 이동팔 씨는 무의식중에 이 문장들을 붙여 썼다. 이동팔 씨의 내적 자아는 위 세 개의 문장을 하나의 문장으로 의식하고 있는 것이다.

글은 살아있는 생물이다. 백과사전에서 '미나리'를 찾아보면 아래와 같이 설명한다.

미나리는 미나릿과의 여러해살이풀이다. 줄기는 털이 없고 향기가 있으며 높이가 20~50cm이다.

이 규정은 틀렸다. 오늘 점심때 단골 식당에 들렀을 때, 5센티미터도 안 되는 풀이 종이컵에 꽂혀 있는 걸 봤다. 나는 주인아주머니에게 물었다.

"아줌마, 이거 뭐예요?"

"응, 미나리."

"아, 이게 미나리구나."

봐라. 5센티미터도 안 되는데 미나리란다. 위의 풀이에 의하면 미나리는 20~50센티미터여야 한다. 그렇다면 5센티미터도 안 되는 미나리는 미나리가 아니란 말인가?

식당 아주머니는 새로운 반찬을 내놓았다. 콩나물과 미더덕 그리고 무슨 나물 같은 것을 섞어서 만든 것이었다. 나는 물었다.

"아줌마, 여기 들어가 있는 이건 뭐예요?"

"응, 미나리."

봐라. 끓는 물에 들어가 흐물흐물해진 것도 미나리란다. 어린 것도 미나리, 20센티미터에서 50센티미터 사이의 다 자란 것도 미나리, 죽어서 우리 입 속에 들어가는 것도 미나리다.

생물은 그런 것이다. 살아있어서 생물이 아니라, 나고 자라고 죽어 없어지기에 생물이다. (그러므로 정자도 나고 수정란도 나이며 전농초등학교 5학년의 나도 나다. 현재의 나 역시 나이며, 70세의 나도 나, 죽어서 무덤에 누워 있는 나 또한 나다.)

말도 그렇고 글도 그렇다. 생기고 쓰이고 없어진다. 조선 후기에 담배는 '담바고'로 불렸다. 담배가 일본에서 들어오면서 '타바코tobacco'를 담바고로 발음한 것이다. 담배가 인류의 건강을 해치는 유독성 마약으로 분류되어 지구상에서 사라지면, 담배라는 말도 사라지게 된다. 말이 생물이라 그렇다.

그러므로 말과 글을 생물로 대하자. '다른 사람과 이 말과 글로 통할 수 있을까'를 먼저 생각하고 쓰자. 규정과 명제에 너무 얽매이지 말고.

Writing Rules

글은 살아있는 생물이다.
규정과 명제를 앞세우지 말고 내 글이 다른 사람과
통할 수 있는지를 따져라.

담쟁이 덩굴

초등학교 시절, 미술 시간이었다.
그림을 그리며 우리들은 신이 났다.
잘 그린 그림은 교실 뒤 게시판에다 붙여 놓는다는
선생님 말씀에
우리들은 싱글벙글 그림을 그렸다.

미술 시간이 있던 다음 날 아침,
교실에 들어서는 아이들마다 자두 알만큼 눈이 커졌다.
교실 뒤에 붙여 놓은 그림 때문이었다.

63장의 그림들이 담쟁이덩굴처럼
교실 뒷벽 전체를 가득가득 덮고 있었다.
그림과 그림이 손을 꼭 잡고 함께 벽을 오르고 있었다.
어깨에 어깨를 걸고 가파른 벽을 오르고 있었다.

잘 그린 그림이든, 못 그린 그림이든,
담쟁이덩굴처럼 손을 잡고 가야 한다고 선생님은 말씀

하셨다.

　잘난 사람이든, 못난 사람이든,

　담쟁이덩굴처럼 어깨에 어깨를 걸고 가야 한다고 선생

님은 말하셨다.

　(……)

　세상을 아름답게 하는 건 박수 받는 사람이 아니다.

　세상을 아름답게 하는 건 박수 치는 사람이다.

— 이철환,《반성문》(랜덤하우스코리아) 중에서

이철환 400만 명이 넘는 독자들을 울린 베스트셀러《연탄길》의 작가. 착한 글을 쓰는 착한 사람. 이 책을 쓴 명로진하고 같은 동네 사는 사람. 아름다운 부인과 귀여운 딸들과 함께 숲속 마을에 살고 있다.

글을 살아있는 생물로 대하라

35

작가들도 다른 작가의
글을 베껴 썼다

베껴 쓰기로 연습하기

미국 작가 에단 캐닌Ethan Canin은 대학 시절 우연히 존 치버John Cheever
의 소설을 읽고 인생이 완전히 바뀌었다. 〈더 라이터The Writer〉 지와의
인터뷰에서 캐닌은 소설을 쓴다는 게 도대체 어떤 것인지 느껴 보기
위해 치버의 책을 처음부터 끝까지 베껴 썼다고 말했다.

그는 "베껴 쓰기는 굉장히 흥미로운 작업"이라면서 "베껴 쓰기를 통
해 나는 치버가 어떤 문장이든 극한까지 몰고 간다는 것을 확실히 알
게 됐다. 치버의 작품을 그저 읽기만 했을 때는 미처 깨닫지 못했던 사
실이다. 베껴 쓰기는 문장에 대해 많은 것을 알게 해준다."고 말했다.

《아이디어 블록The Writer's Block》을 쓴 미국의 작가 겸 편집자인 제이슨
르클락Jason Rekulak은 이렇게 말했다.

"좋아하는 작가의 문장들을 골라서 베껴 써 보라. 연필로 써도 좋고, 컴퓨터에 옮겨 써도 좋다. 당신의 글쓰기에 영향을 미치는 것들은 대부분 정신적인 것들이다. 그러나 작가의 언어를 당신의 손으로 다시 한 번 써 보는 것은 완전히 새로운 육체적 경험이 될 것이다. 플래너리 오코너Flannery O'Connor나 레이먼드 챈들러Raymond Chandler가 그들의 대작을 완성할 때 마지막으로 느꼈던 감정의 편린들을 당신도 느끼게 해주는 그런 경험 말이다."

〈비트〉, 〈태양은 없다〉를 쓴 시나리오 작가인 심산은 말했다.

"소설가 지망생들은 저마다 '존경하는 소설가' 한두 명쯤은 있습니다. 그 작가의 작품 목록을 줄줄이 꿸뿐더러, 여러 번 읽어 보았고, 심지어는 필사(베껴 쓰기)를 해보기도 합니다.

시인 지망생이라면 딜런 토머스Dylan Thomas나 자크 프레베르Jacques Prevert 혹은 황동규의 시 수십 편쯤은 줄줄이 외워야지요. 래퍼 지망생이라면 투팍Tupac이나 에미넴Eminem 혹은 리쌍의 노래들을 서너 시간 쉬지 않고 읊어댈 수 있어야 하고요. 저만 해도 대학 시절 조세희나 황석영의 여러 단편들을 베껴 써 보았습니다. 그들이 쓴 전(全) 작품들이 언제나 책상 앞에 줄줄이 늘어서 있었지요."

《엄마를 부탁해》의 신경숙은 대학 시절 소설을 읽다가 베껴 쓰기를 시작했다. 산문집 《아름다운 그늘》에 그이는 이렇게 썼다.

"그냥 눈으로 읽을 때와 한 자 한 자 노트에 옮겨 적어 볼 때, 그

소설들의 느낌은 달랐다. 필사를 하면서 나는 처음으로 '이게 아닌데……'라는 생각에서 벗어날 수 있었다. 이것이다. 나는 이 길로 가리라. 베껴 쓰기를 하는 동안의 그 황홀함은 내가 살면서 무슨 일을 할 것인가를 각인시켜준 독특한 체험이었다."

안도현 시인은 대학 시절 백석 시인의 시를 노트에 베껴 썼다. 그는 〈시와 연애하는 법〉이란 칼럼에서 베껴 쓰기가 글쓰기를 위해 꼭 필요한 과정이라고 말한다.

"시의 앞날이 잘 보이지 않을 때, 어쩌다 눈에 번쩍 띄는 시를 한 편 만났을 때, 짝사랑하고 싶은 시인이 생겼을 때, 당신은 꼭 베껴 쓰는 일을 주저하지 마라. 그러면 시집이라는 알 속에 갇혀 있던 시가 날개를 달고 당신의 가슴 한 쪽으로 날아올 것이다."

《꿈꾸는 다락방》의 이지성 작가는 고등학교 때까지 글짓기 상 한 번 받아본 적 없고, 애독하는 책은 《드래곤 볼》 같은 만화책이었다. 그는 스무 살에 작가가 되겠다는 꿈을 세우고 치열하게 글쓰기를 시작했다. 그러나 10년 가까이 "작가로서 가능성이 없다. 다른 일을 찾아보라"는 말만 들었다. 그 시련의 시절에 2,500권이 넘는 책을 읽었고 《태백산맥》을 비롯해 150여 권의 책을 베껴 썼다. 이때의 훈련 덕분에 그는 40여 권의 책을 낸 베스트셀러 작가가 됐다.

소설가이면서 영문학 교수인 스티븐 골드베리Steven Goldsberry는 《글쓰기 로드맵101*The Writer's Book of Wisdom*》에서 말했다.

"즐겨 읽는 책에서 두 쪽을 필사해 보라. 먼저 펜으로 옮겨 쓴 다음 컴퓨터 키보드로 입력해 보라.

베껴 쓰기는 천천히 한다. 구두점 하나까지 원본 그대로 베껴야 한다. 이 연습의 목적은 저자가 의도한 정신적 경로를 그대로 따라가는 데 있다. 글쓰기를 음악으로 생각한다면 그리 이상한 행동이 아니다. 교향곡을 직접 작곡하는 게 아니라 대가의 작품을 음표 하나하나 그대로 되살리는 것이다. 이런 기계적 학습은 세포에 기억을 심으려고 암호를 각인하는 것과 같다.

한 번 베끼는 것으로도 충분하지만, 그 과정에서 매력을 느꼈다면 계속해 보는 것도 좋다. 여러 작가와 여러 장르의 글을 원하는 만큼 베껴 보라. 사람들은 '나도 J. K. 롤링처럼 쓰고 싶다'고 말한다. 롤링처럼 쓰고 싶다면 먼저 롤링의 글을 베껴라. 마법처럼 당신 앞에 문이 열릴 것이다."

Writing Rules

좋아하는 작가의 작품을 베껴 쓴다.
대가의 작품을 음표 하나하나 그대로 되살리며 연주하듯
구두점 하나까지 그대로 베껴야 한다.

작가들도 다른 작가의 글을 베껴 썼다

자기가 가진 능력과 가능성을 힘있는 자에게 보태며 달콤하게 살다가 자연사할 것인지, 그것을 힘없는 자와 나누며 세상의 불공평, 기회의 불평등과 맞서 싸우다 장렬히 전사할 것인지.

혹은 평생 새장 속에 살면서 안전과 먹이를 담보로 날 수 있는 능력을 스스로 포기할 것인지, 새장 밖의 위험을 감수하면서 가지고 있는 능력의 최대치를 발휘하며 창공으로 비상할 것인지.

나는 지금 두 번째 삶에 온통 마음이 끌려 있다. 누군가는 말할 것이다. 하고 싶은 일을 하려고 해도 현실은 다르지 않느냐고. 물론 다르다. 그러니 선택이랄 수밖에. 난 적어도 세상 많은 사람들에게 새장 밖은 불확실하여 위험하고 비현실적이며 백전백패의 모호함뿐이라는 말은 사실이 아니라는 것을 알려주고 싶다. 새장 밖의 삶을 살고 있는 한 사람으로서 새장 밖의 충만한 행복에 대해 말해주고 싶다. 새장 안에서는 도저히 느낄 수 없는, 이 견딜 수 없는 뜨거움을 고스란히 전해주고 싶다. 제발 단 한 번만이라도 자신의 가슴을 뛰게 하는 일이 무엇인지, 진지하게 생각해 보라고 권하고 싶다.

오늘도 나에게 묻고 또 묻는다.

무엇이 나를 움직이는가? 가벼운 바람에도 성난 불꽃처럼 타오르는 내 열정의 정체는 무엇인가? 소진하고 소진했을지라도 마지막 남은 에너지를 기꺼이 쏟고 싶은 그 일은 무엇인가?

—한비야,《지도 밖으로 행군하라》(푸른숲) 중에서

한비야 베스트셀러 작가.《바람의 딸, 걸어서 지구 세 바퀴 반》,《지도 밖으로 행군하라》,《그건, 사랑이었네》 등을 썼다. 그녀는 오지탐험가에서 NGO의 긴급구호 팀장으로, 이제는 학생으로 청소년과 젊은 여성들의 멘토로 바쁘게 살아가고 있다.

작가들도 다른 작가의 글을 베껴 썼다

43

우리는 왜 쓰려 하는가

4강

글쓰기의 좋은 점

이쯤에서 한번 생각해 보자. 우리는 왜 글을 쓰는가? 첫째, 애인이 없어서. 둘째, 애인이 없어서. 셋째, 애인이 없어서……. 맞다. 애인이 있다면 지금 이따위 책이나 들여다보고 있지 않을 것이다. 애인을 만나 밥을 먹고, 와인을 마시고, 사랑을 나누겠지.

그런데 내 주변엔 애인도 있고 남자친구도 있고 여자친구도 있는데 글을 쓰는 사람이 있다. 나는 그녀에게 물었다.

— 도대체 당신은 왜 글을 쓰는가?
"가끔은 글 쓰는 게 애인 만나는 것보다 더 좋으니까."
— 그럴 리가!

"진짜다. 애인은 바쁘고, 잘 삐치고, 뭔가를 해주어야 한다. 좋을 때도 있지만 귀찮을 때도 있다. 하지만 글은 안 그렇다. 글은 강아지다. 두 달 된 몰티즈 새끼다. 나한테 잘 보이려고 재롱을 떤다. 내가 오라면 오고 가라면 간다. 하루에 두 번 사료만 주면 나한테 충성을 바친다."

— 대단한 비유다. 그건 글이 말을 잘 들을 때 이야기 아닌가?

"글이 애인보다는 확실히 말을 잘 듣는다. 글을 쓰면 좋은 점은 또 있다. 글은 내가 쓰고 싶을 때 언제든지 쓸 수 있다. 집에서나 출퇴근할 때나 회사에서나. (팀장 눈치를 봐야 하지만) 글은 나를 배신하지 않는다. 글은 나를 위로해준다. 글은 투정하지 않는다. 아, 그리고 글은 술 마시고 꼬장 부리지 않는다."

애인이 있는 그녀조차 글을 쓴다. 그러므로 애인이 없는 사람이라면 더더욱 글을 써야 한다. 글을 쓰면 좋은 점이 한두 가지가 아니기 때문이다.

글을 쓰면 나를 되돌아볼 수 있다

글의 과거 모습은 반성이다. 글을 쓰는 것이 친구와 말로 수다를 떠는 것보다 훨씬 낫다. 말로 하면 아무리 진지하고 진실한 것이라 해도 다 날아간다. 말은 시간에 예속된다. 공간에 구속된다. 말을 하는 그 순간에만 빛난다. 말을 듣는 그 장소에서만 이해된다. 따라서 말로 아무리 떠들어 봐야, 우리 뇌가 기억하는 용량은 제한적이다.

하지만 적어두면 언제 어디서나 볼 수 있다. 적고 읽고 보는 행위를 통해 우리는 반성하게 된다. 우리의 하루를, 우리의 행위를, 우리의 카드 남발을. (가정 경제를 바로 잡는 첫째 행위가 그래서 가계부를 '적는 것'이다.)

적어라. 적다 보면, 내가 왜 이렇게 쓸데없는 곳에 쓸데없는 돈을 많이 쏟아 부었는지 한눈에 알게 된다. 그리고는 후회하게 된다. 결심하게 된다. '다음부터는 신용카드를 긋기 전에 한 번 더 생각하리라'고. (아, 이 뜬금없는 소비경제 강의! 벌써 다음 달 카드 사용 명세서가 걱정되는 나.)

글을 쓰면 자유로워진다

글의 현재 모습은 자유다. 우리는 날개가 없어서 날지 못한다. 그러므로 자유롭지 못하다. 하늘을 나는 새는 자유롭다. 어디든 가고 싶은 곳으로 갈 수 있다. 청둥오리는 무려 7,000킬로미터를 날아간다. 제비는 서울과 시드니를 오가고, 기러기는 시베리아와 경기도 사이를 이동한다. 군함조는 시속 400킬로미터로 하강하고 칼새는 평균 시속 200킬로미터로 난다. 칼새와 KTX가 동시에 서울을 떠나면 칼새가 KTX보다 30분 먼저 부산에 도착한다는 결론이다.

그러나 우리는 글을 쓸 수 있다. 글 속에서 우리는 순식간에 부산도 가고, 시드니도 가고, 시베리아에도 간다. 글 속에서 우리는 날개를 달고 날아다닌다. 글 속에서 우리는 장동건을 남자친구로 만들고, 시저 스팰리스 호텔 특실에 머물며 캐비어와 샤또 마고를 음미한다. 글 속에서 우리는 샤넬 핸드백을 매고 지미 추 구두를 신고 바쉐론 콘스탄틴 손목시계를 찬다. 글 속에서 우리는 롤스로이스를 몰고 샌프란시스코 소살리토에 살며, 100억 원의 현금을 어디에 투자할지 고민한다. (픽! 꿈 깨는 소리.)

그러므로 우리는 글을 쓸 때 자유롭다. 글을 쓸 때 그 무엇도 부럽지 않다. 연하 애인을 끼고 다니는 앞자리 윤 씨도, 부모 잘 만나 월급은 꼬박꼬박 자기 용돈으로 쓰는 옆자리 이 씨도, 남편 잘 만나 빌모레 회사 그만둔다는 뒷자리 김 씨도 부럽지 않다. 우리는 글 쓰는 자유를 갖고 있기 때문이다.

글을 쓰면 행복해진다

글의 미래 모습은 행복이다. 진짜? 진짜 그렇다. 글을 쓴다는 것은 창조적인 행위다. 그것이 나만 보는 일기든, 블로그 글이든, 한 권의 책을 내기 위해 본격적으로 쓰는 것이든 상관없다.

창조란 아무도 생각하지 않았던 것, 누구도 말하지 않았던 것, 세상에 없었던 것을 만들어 내는 일이다. 예술가들은 창조하며 몰입한다. 그 몰입 속에서 더할 나위 없는 행복을 느낀다. 몰입하며 느끼는 창작의 희열은, 알코올보다 강하고 니코틴보다 질기며 마약보다 충격적인 중독을 선사한다. (돈도 안 들고, 법에 걸리지도 않는다!)

한번 써 보라. 제목을 정하고 끼적여 보라. 나만의 쓰기 공책을 만들어 보라. 블로그에 글을 올려 보라. 한 권의 책을 만든다 생각하고 적어나가 봐라. 재미있다. 즐겁다. 행복하다.

책을 읽고 독후감을 써도 되고, 감동적인 부분 한 쪽을 베껴 써도 된다. 아침에 일어나서 생각나는 것들을 주절주절 늘어놔도 괜찮다. 자기 전에 침대 머리맡에서 메모를 해도 좋다. 무엇이든 써라. 그 쓰는 행위가 언젠가 당신에게 큰 기쁨을 줄 것이다.

그밖에 글을 쓰면 좋은 점

이외에도 글을 쓰면 좋은 점은 무수히 많다. 나는 글을 쓰면 좋은 이유를 10가지나 더 댈 수 있다.

- 지식을 체계화할 수 있다.

  (내가 얼마나 무식한지 깨닫게 된다.)

- 지혜가 생긴다.

  (내가 얼마나 어리석었는지 알게 된다.)

- 내 생각을 정리할 수 있다.

  (내가 얼마나 개념 없이 살았는지 느끼게 된다.)

- 인생의 기록이 된다.

  (내가 얼마나 흘리고 다녔는지 감을 잡게 된다.)

- 연애편지를 멋지게 쓸 수 있다.

  (내가 얼마나 건조하게 연애를 했는지 터득하게 된다.)

- 남을 설득하는 기술이 생긴다.

  (내가 얼마나 억지를 부렸는지 돌아보게 된다.)

- 능동적으로 하는 일이 생긴다.

  (내가 얼마나 수동적인 삶을 살았는지 반성하게 된다.)

- 앞일을 계획하게 된다.

  (내가 얼마나 대책 없이 살아왔는지 통찰하게 된다.)

- 멋진 문구를 써 놓고 좋아하게 된다.

  (내가 얼마나 찌질한 언어행위를 해 왔는지 생각하게 된다.)

- TV 보는 시간이 줄어든다.

  (내가 얼마나 바보상자에 길들여져 있는지 확인하게 된다.)

Writing Rules

자신이 왜 글을 쓰는지 생각하라.
왜 글을 쓰는지 알게 되면 글쓰기가 왜 좋은지도 알게 되고,
당신은 결국 매일 글쓰기를 하게 될 것이다.

　　12월 1일에 떠난 대게잡이 배들이 울산항으로 돌아오
는 이 계절, 얼어 죽어도 옷은 얇게 입는 나는 덜덜 떨면
서 침대로 뛰어들었다. 그러다가 침대 옆 의자에 아무렇
게나 던져 놓은 얼룩진 빨간 원피스의 눈으로 나를 보자
니 이 시가 떠올랐다.

　　술을 가져오라
　　이 얼룩이 지게 하리라
　　사랑에 취하여 비틀거리다 보면
　　그런데 사람들은 나를 현자라 한다
　　―하피즈

　　빨간 원피스 입장에서도 억울할 게 없는 이 시를 내
가 처음 안 것은 앙드레 지드의 《지상의 양식》에서였다.
(……) 오래전에 읽었던 《지상의 양식》이 지난 한 달 동안
갑자기 세 번이나 생각났다. 한 번은 어여쁘긴 하지만 이
사이에 고춧가루가 낀 채 나타난, 방심한 죄밖에 없는 미
녀랑 키스하기 힘들었다고 떠벌리는 선배에게 한 방 날
려주고 싶었을 때.

우리는 왜 쓰려 하는가

51

"입맞추기 위해서 나는 입가에 남은 포도송이의 얼룩들을 씻지 않았다. 입을 맞추고 나서 나는 입술을 식힐 사이도 없이 달콤한 포도주를 마셨다. (……) 어떠한 기쁨도 미리 준비하지 마라."

바로 이 문장.

키스하기 전에 반드시 이를 닦아야 하는 사람이 과연 알까? 준비되지 않은 기쁨에 대해서. 키스하기 전에 반드시 이를 닦고 오라고 하는 남자랑은 큰일을 도모할 수 없다는 게 지론이다.

—정혜윤,《그들은 한 권의 책에서 시작되었다》(푸른숲) 중에서

정혜윤 낮에는 라디오 PD로 일하고 밤에는 책을 읽는다. 낮도 밤도 아닌 시각에는 글을 쓴다.《침대와 책》,《그들은 한 권의 책에서 시작되었다》,《언젠가 떠날 너에게 런던을 속삭여 줄게》등의 책을 썼다.

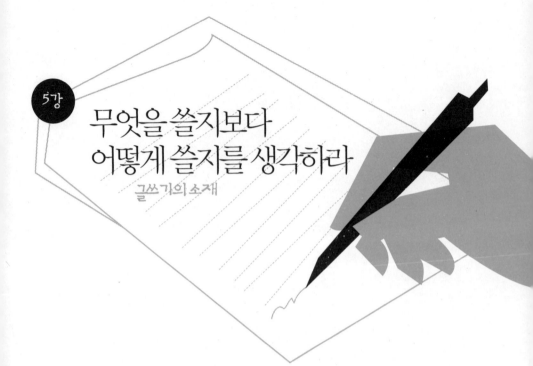

무엇을 쓸지보다 어떻게 쓸지를 생각하라

글쓰기의 소재

앞 장에서 우리는 왜 글을 써야 하는지 살펴봤다. 그럼 무엇에 대해 써야 하는가? 철학자 비트겐슈타인Wittgenstein은 말했다. "당신이 모르는 것에 대해서는 침묵하라." 영국의 소설가 프레드릭 포사이드Frederick Forsyth는 말했다. "당신이 알고 있는 것에 대해 써라."

미국 작가 켄 케시Ken Kesey는 이렇게 말했다. "당신이 모르는 것에 대해 써라."《시핑뉴스The Shipping News》를 쓴 애니 프루Annie Proulx는 "아는 것에 대해서만 쓰라고 하는 것은 가장 한심한 조언"이라고 못 박는다.

"아는 것에 대해서만 쓴다면 발전하지 못한다. 다른 나라의 언어, 다른 사람에 대한 흥미, 탐험과 여행에 대한 욕망, 체험하려는 마음 같은 것들을 담아낼 수 없게 된다. 아는 것이 아니라, 흥미를 느낄 만한 것에 대해 써야 한다."

아일랜드 소설가 칼럼 매캔Colum McCann은 이렇게 말했다.

"당신이 모르는 것에 대해 쓰면서 알고 있는 사실을 새롭게 발견하라."(프레드릭 포사이드부터 칼럼 매캔까지 《아이디어 블록》 인용.)

도대체 모르는 것에 대해 쓰라는 거야? 아는 것에 대해 쓰라는 거야?

《나를 부르는 숲A Walk in the Woods》을 쓴 빌 브라이슨Bill Bryson은 현존하는 최고의 여행작가 중 한 사람이다. 〈시카고 선타임스Chicago Sun-Times〉는 그에 대해 이렇게 평했다.

"빌 브라이슨은 헤어 드라이어에 달라붙은 머리카락이나 해열제에 대해서 에세이를 쓰면서도 우리를 웃길 수 있는 사람이다."

아무것도 아닌 것을 아무것도 아닌 것이 아니게 쓰는 것, 이게 진짜 글쓰기다. 그러므로 결론은 이렇다. '무엇을 쓰는가'는 중요하지 않다. '어떻게 쓰는가'가 중요하다.

이제 당신은 물을 것이다.

"아하, 그렇군. 자 그럼 뭐에 대해 쓸까?"

음, 훌륭한 학생이다. 분명 무엇을 쓰는가보다 어떻게 쓰는가가 중요하다 말했건만.

"잘 알겠다니까. 그러니까 처음에 뭐부터 끄적여야 하느냐고?"

무엇을 써야 할지 모르겠으면, 우선 쓰는 사람 자신 – 여기서는 이 책을 읽고 있는 당신! –에 대해서 분석해 봐라. 분석 방법은 《아직도 가야 할 길*The Road Less Traveled*》을 쓴 스캇 펙Scott Peck이 제시했다.

- 일주일 동안 내가 무슨 일을 하며 보내는지 면밀히 관찰하고 기록한다.
- 잠자고 먹고 배설하는 일, 즉 인간으로서 일상을 유지하기 위해 꼭 필요한 일을 제외한다.
- 남는 시간에 내가 하는 일이 무엇인지 분석해 본다.

남는 시간에 나는 무엇을 하는가? 무엇을 하는 데 가장 많은 시간을 보내는가? 텔레비전 보기? 수다 떨기? 술 마시기? 영화 보기? 데이트? 혹은 멍 때리기? 당신이 가장 많은 시간을 들이는 일이 당신이 가장 좋아하는 일이다.

일주일의 시간을 분석해 보고 결과에 놀라지 마라. 어떤 의사는 자기가 일주일 동안 얼마나 많은 시간을 술 마시는 데 보내는지 깨닫고 섬뜩한 기분마저 느꼈다고 한다.

시간이 금이라고? 우리는 대체로 시간을 똥보다 못하게 쓴다. 그토록 많은 시간을 그토록 중요하지 않은 일에 소비한다. (나 역시 방금 친구와 20분이나 통화를 했다. 끊고 나서 '도대체 무슨 얘기를 했더라?' 하고 되새겨 봤지만, 통화 내용이 전혀 생각나지 않는다. 하나도 중요하지 않은 내용들이었다. 생각나지도 중요하지도 않은 기껏해야 남의 뒷담화를 나누느라 20분을 허비한 것이다. 도대체 왜! 우리는 이딴 식으로 인생을 허비하는 걸까?)

어찌 되었든, 당신이 제일 많이 하는 일 속에 당신이 쓸 거리가 있다. 내가 제일 많이 하는 일을 분석해 보고 나서, 다음 질문에 답하라.

- 이 일을 내가 좋아하는가?
- 이 일은 내게 발전적인가?
- 이 일은 사회에 기여하는가?

세 가지 질문에 모두 긍정적인 답이 나온다면 금상첨화다. 그러나 부정적인 대답이 나오더라도 실망하지 마라. 내가 좋아하면서 동시에 나와 사회에 이로운 일이란 많지 않다.

내가 가장 시간을 많이 들이는 일이 무엇인지 찾았다면 거기에 대해 써 보라. 그 일에 대해 잘 알고 있다면 써라.

"미국 드라마 보는 것을 좋아한다. 드라마 잘 감상하는 법에 대해 쓸 거다."

그 일을 할 때 무엇이 필요한지 잘 알고 있다면 써라.

"우선 맥주 6병들이 한 팩과 감자칩을 준비한다."

그 일을 하면 뭐가 좋은지 잘 파악하고 있다면 써라.

"아무 생각이 없어지고, 몰입하게 된다. 자막을 보면서 영어 공부도 할 수 있다. 〈프리즌 브레이크〉, 〈라이 투 미〉, 〈히어로〉의 몇몇 대사는 줄줄 외우고 있다."

내가 좋아하는 일을 싫어하거나 우습게 보는 사람들에게 할 말이 있다면 써라.

"미국 드라마는 여전히 우리 드라마보다 멋진 데가 있다. 미드를 보면서 늘 우리 드라마와 비교하는 것은 아니다. 단지 그들이 가진 세련된 표현, 연기자들의 모습, 미국의 도시와 자연의 풍광을 엿보는 것이다. 때로는 패션 아이디어가 떠오르기도 하고, 그들의 생각에 공감하기도 한다. 무엇보다 우린 지금 미국 축소판인 나라에서 살고 있지 않나?"

음, 당신의 주관적 판단에 대해서는 말하지 않겠다. 그 일을 하고 나서 느낀 점이 있다면 써라.

"드라마는 인생의 축소판이다. 그런데 내 인생은 그렇게 드라마틱하지 않다. 늘 그저 그렇다. 나는 모험을 원한다. 사랑도 하고 싶다. 여행도 가고 싶다. 한 마디로 미드의 주인공처럼 멋지게 살고 싶다. 현실이 나를 얽매어 놓기 때문에 나는 주말에 미드를 실컷 보면서 대리만족한다. 언젠가 오늘의 미드 시청이 내 창작의 밑거름이 되리라 믿는다. 나는 미드 동호회 부시삽도 하고 있다. 내 꿈은 근사한 영화관을 빌려 회원들과 함께 풀스크린과 입체적인 사운드로 명 시리즈를 감상하는 것이다. 그럼 나는 바빠서 이만."

'근사한 영화관을 빌려 회원들과 함께 풀스크린과 입체적인 사운드로 명 시리즈를 감상하는 것'이 꿈이라고? 당신이 이렇게 쓰는 순간, 당신의 꿈은 이루어질 것이다. 우리는 사는 대로 쓰는 것이 아니라,

쓰는 대로 살게 된다(론다 번Rhonda Byrne의 《시크릿》 개념과 폴 부르제Paul Bourget가 지은 시 〈한낮의 악마〉 중 한 구절인 '생각하는 대로 살지 않으면, 우리는 사는 대로 생각하게 되리라'를 뒤섞은 버전임).

무엇을 써야 할지 모르겠다면 자신부터 분석해 봐라.
우선 자기 자신에 대해서 분석하고 자신이 가장 많이 하는 일을 발견하라. 가장 많이 하는 일 중에 당신의 쓸 거리가 있다.

무엇을 쓸지보다 어떻게 쓸지를 생각하라

곤돌라는 원래 검은색이 아니었다. 16세기 도시의 전성기 때 곤돌라는 각양각색의 색깔을 입은 화려한 것이었다. 그리고 요즘의 리무진 자동차처럼 지붕이 있어서 승객은 실내에 편히 앉을 수 있었다. 그러나 부유층들의 곤돌라 사치가 심해지고, 곤돌라의 치장과 장식이 부와 권력의 상징처럼 되어버렸다. (……)

결국 총독은 모든 곤돌라를 검은색으로 칠하라는 칙령을 내렸다. 퇴폐와 자유연애의 상징처럼 여겨졌던 곤돌라의 뚜껑도 없앴다. 곤돌라에서 즐기던 카사노바와 그 추종자들의 낭만적인 연애는 이제 이 도시의 아련한 추억이 되어 버렸다. (……)

그러나 지붕 달린 곤돌라가 제공했던 로맨스의 정신은 여전히 남아있다. 곤돌라도 타는 법이 있으니, 꼭 황혼에 타야 한다. 태양이 넘어가는 어스름 저녁에 타는 것이다. 그리고 석양이 주는 시원한 한기와 바다 내음. (……)

이것이 베네치아의 곤돌라이다. 둘이서 타야 한다. 둘이 타더라도 절대로 아무하고나 타서는 안 된다. 저녁 베네치아의 곤돌라에서는 그 누가 옆에 타더라도 그 품에 쓰러질 수밖에 없기 때문이다. 두 사람이 저녁에 곤돌라

를 타면 곤돌리노는 어둡고 좁은 운하 사이로 곤돌라를 몰고 들어간다.

작은 운하에는 파도가 없다. 달빛에 비치는 수면 위로 곤돌라는 마치 얼음판을 지치듯이 스르르 들어간다. 좁은 운하로 들어가는 곤돌라는 과거의 베네치아 공화국으로 들어가는 것이다. 또한, 세상과 단절된 둘만의 시간으로 들어가는 것이다. 같이 탈 그 사람이 없다면 차라리 혼자 타야 한다. 옆 자리는 언젠가 베네치아에서 만날 진정한 주인을 위해 오랫동안이라도 비워놓은 채.

—박종호, 《황홀한 여행》(웅진지식하우스) 중에서

박종호 오페라를 사랑하고, 이탈리아를 사랑하고, 책을 사랑하는 사람. 정신과 전문의이자 탁월한 아마추어 사진작가이자 클래식 음악평론가다. 인생의 최고 가치는 자유, 예술, 여행이라고 생각한다.

6강

쉽게 쓰는 게
정답이다

글을 쉽게 쓰는 법

글쓰기에서 정말 심각한 잘못은 낱말을 화려하게 치장하려고 하는 것이다. 쉬운 낱말을 쓰면 어쩐지 좀 창피해서 굳이 어려운 낱말을 찾는 사람들이 있다. 그런 짓은 애완동물에게 야회복을 입히는 것과 마찬가지다. 애완동물도 부끄러워하겠지만 그렇게 쓸데없는 짓을 하는 사람은 더욱 부끄러워해야 한다.

그러므로 지금 이 자리에서 엄숙히 맹세하기 바란다. '평발'이라는 말을 두고 '편평족'이라고 쓰지 않겠다고, '존은 하던 일을 멈추고 똥을 누었다' 대신에 '존은 하던 일을 멈추고 생리 현상을 해결했다'고 쓰는 일은 절대로 없을 것이라고. '똥을 눈다'는 말이 독자들에게 불쾌감이나 혐오감을 줄 것으로 생각한다면 '존은 하던 일을 멈추고 응가를 했다'도 괜찮겠다.

　내 말 뜻은 굳이 천박하게 말하라는 게 아니라 평이하고 직설적인 표현을 쓰라는 것이다.

—스티븐 킹, 《유혹하는 글쓰기》 중에서

쉽게 써라. 이게 정답이다. 다음을 보자.

　나는 헤겔의 변증법과 철학 일반에 대한 비판인 이 저술의 마지막 장이 오늘날의 비판적 신학자들과 대결하기 위해 단연코 필요하다고 보는데, 이러한 작업이 아직 완수되지 않았기 때문이요, 이는 필연적 피상성인데, 비판적 신학자 자신이 신학자로 남아 있으며, 그러므로 권위로서 인정된 철학의 특정한 전제들에서 출발할 수밖에 없거나, 비판의 과정에서 그리고 낯선 발견을 통해 그에게 학적 전제들에 대한 의심이 생겨난다면 비굴하고도 부당하게 이 의심을 팽개치고, 이 의심을 도외시하고 이 전제들에 대한 항상 변치 않는 자신의 노예 상태와 이에 대한 분노를 오로지 부정적으로, 아무런 의식 없이, 그리고 현학적으로 드러낼 뿐이기 때문이다.

—칼 마르크스, 《경제학 철학 초고》 서문 중에서

　일단 미안하다. 글을 읽으면서 짜증을 냈을 것이다. 어려운 글이기 때문이다. 위 글이 어려운 이유는, 자본과 노동과 이윤에 대한 칼 마르크스의 개념 자체가 어렵기도 하거니와 번역된 우리말도 어렵기 때문이다. (물론 읽는 우리가 무식하기 때문이기도 하다.)

글 쓰는 이의 임무 중 하나는 어려운 개념도 쉽게 쓰는 것이다. 헤밍웨이는 말했다. "읽기에 쉬운 글이 쓰기 어렵다"고. 그럼 읽기에 어려운 글은 쓰기 쉬운 걸까? 그렇다. 어려운 글은 쓰기 쉽다. 어차피 독자들이 잘 알아듣지 못하기 때문에 아무렇게나 써도 되니까 그렇다.

토익 700점대인 당신이 영어로 연설을 한다 치자. 연설을 듣는 사람들이 미국인들이라면 당신은 도저히 영어로 연설을 하지 못할 것이다. 그러나 관객 중에 영어를 아는 사람이 한 사람도 없다면? 당신은 어찌어찌 말을 이어나갈 것이다. 왜? 어차피 못 알아듣는데 아는 단어를 적당히 섞어서 어법 따위 상관 없이 떠벌이면 된다.

쉽게 써라. 다음은 어려운 문장을 어떻게 쉬운 문장으로 바꿀 수 있는지 보여주는 예문이다.

- 난이도가 점점 심해졌다.
  → 점점 어려워졌다.
- 호구지책을 강구하기가 힘들었다.
  → 먹고살기 힘들었다.
- 주가는 추가 상승의 여력이 있다.
  → 주가는 더 오를 것이다.
- 위와 같은 주장은 다음과 같은 논의로 대체되어야 한다.
  → 위의 주장은 이렇게 말해도 상관없다.

- 이런 논리는 다음의 경우에도 적용될 수 있다.

  → 그 말이 그 말이다.

- 면밀하게 관찰하자 상황 판단이 유용해졌다.

  → 척 보면 안다.

- 타자적 욕망의 내면화라는 함정에 빠지지 말자.

  → 남을 위해 살지 말자.

- 그의 재화는 그로 하여금 무소불위의 권력을 갖게 했다.

  → 그는 돈 벌어서 쓸데없는 짓을 했다.

- 정상적인 가격보다 높은 수준을 유지하고 있다.

  → 비싸다.

- 이 글은 시적 함의를 내포하고 있다.

  → 뻥치고 있다.

- 루이비통에서 밀레니엄 한정판을 내놓자 제한된 수요로 인해 고객들이 몰렸고 모친도 당장 하나 구입해야겠다고 신용카드를 들고 갔다.

  → 울 엄마가 미쳤다.

Writing Rules

글을 화려하게 치장하려 하지 말고 쉽게 써라.
쉬운 말을 쓰는 게 창피한 게 아니라 자신도 모르는
어려운 말을 아는 척 하는 게 창피한 일이다.

오늘의 내 모습은 어제의 내가 실제로 바란 그 모습이다. 그런 점에서 꿈이 없는 사람조차 나름의 꿈을 꾸며 살고 있는 셈이다. 꿈은 어떤 형태로든 현현된다.

당신이 정말로 글을 쓰고 싶다면 메모지라도 항시 소지하고 다닐 것이다. 읽지는 못하더라도 현재 가장 읽고 싶은 책 한 권을 항상 갖고 다닐 것이다. 따라서 하다못해 매일 대변보는 시간만큼의 독서시간은 마련할 수 있을 것이다. 잠드는 쪽의 벽지 위에 자신이 좋아하는 시구나 문장들을 적어 놓고 읽다가 잠들 것이다. 당신이 정말로 꿈꾼다면 오늘 즉시 당신의 행동에, 그것이 미미한 변화일지라도 어떤 구체적인 변화가 오지 않을 수 없다. 그리고 진정으로 꿈을 꾸는 사람은 자신의 변화된 행동 그 자체만으로 엄청난 희열을 느끼지 않을 수 없다.

꿈꾸는 사람은 반드시 변하기 마련이다. 만약 우리가 정말로 무엇인가를 꿈꾸는 사람이라면, 우리는 미미하게라도 자신이 꿈꾸는 방향으로 변하지 않을 수 없다. 의식뿐 아니라 무의식 전체로 꿈꾸는 사람은 반드시 자기 삶에 변화를 불러일으킨다. 자신의 내면세계 전체로 변화를 꿈꾸는데 어떻게 일어나지 않을 수 있겠는가. 변화는

당연히, 반드시, 그리고 자연스럽게, 그것도 현실에서 가능한 가장 빠른 속도로 일어나게 되어 있다.

정말로 좋은 글을 쓰고자 원한다면, 어제와 달리 오늘부터는 하다못해 전철 타는 시간에나마 책을 펼쳐보기 시작할 것이다. 비록 그 변화가 미미하더라도 그러나 최선을 다해 변하는 것이라면 그때 접하게 된 어떤 한 구절이, 그때 알게 된 어떤 작가나 작품에 대한 정보로 인해 그다음에 해야 할 일이 무엇인지 알게 된다. 그리고 그렇게 한 발자국씩 이제까지와는 전혀 다른 길로 접어들기 시작할 것이다.

의식뿐 아니라 무의식 전체로 꿈꾸는 사람이 되자. 우리가 언제나 염려해야 하는 것은 단 한 가지뿐이다. 나는 정말로 내 꿈에 전념하고 있는가?

—이만교, 《글쓰기 공작소》(그린비) 중에서

이만교 시인이자 소설가. 《결혼은 미친 짓이다》로 오늘의 작가상을 수상했다. 《머꼬네 집에 놀러 올래?》, 《나쁜 여자, 착한 남자》, 《아이들은 웃음을 참지 못한다》 등을 출간했다. 글쓰기와 글쓰기 강의를 천직이자 천운으로 여기며 산다.

조사 사용에 주의하라
우리말의 특징 (1)

고등학교 때 우리말이 교착어라고 배웠을 것이다. 또 굴절어, 고립어…… 이런 말도 기억날 것이다. 모르겠다고? 상관없다. 이 단어들의 차이는 몰라도 된다. (시험에 안 나온다.)

단, 우리말이 교착어라고 했을 때의 교착이라는 말을 살펴보자. 교착(膠着)이란 '단단히 달라붙은 상태'를 이르는 말이다 우리말은 하나의 단어에 또 다른 단어, 즉 조사를 붙여서 뜻을 나타낸다. 그래서 교착어다.

다음은 '나'와 '너'에 조사를 바꿔가며 사랑을 표현한 문장이다. 조사를 바꿀 때마다 뜻이 어떻게 다른지 생각해 보자.

나는 네|를 사랑해.

나는 네|만 사랑해.

나는 네|도 사랑해.

나는 네|조차 사랑해.

나를 네|는 사랑해.

나랑 네|랑 사랑해.

나도 네|를 사랑해.

나만 네|를 사랑해.

나도 네|만 사랑해.

사랑의 심리 테스트

애인이 당신에게 사랑 표현을 하려고 한다. 다음 세 가지 중 어떤 말을 듣고 싶은가?

❶ 나는 너만 사랑해.

❷ 나는 너를 사랑해.

❸ 나는 너도 사랑해.

❶을 택한 당신. 애인이 당신만 사랑하길 바란다고? 물론 그렇겠지. 하지만 그에 대한 대가도 톡톡히 치러야 한다는 걸 잊지 마라. 당신의 일거수일투족을 모두 애인에게 보고해야 하고, 당신의 머릿속 생각도 모두 애인에게 알려야 하며, 결국 당신의 지갑 속 현찰도 대부분 애인

에게 쏟아 부어야 한다.

❷를 택한 당신. 현명한 선택이다. 언제든 서로 대등한 관계에서 사랑할 수 있다. 사랑만 한다고 사랑이 유지되는 건 아니다. 사랑에 빠지기보다는, 서로를 발전으로 이끌어주는 관계. 소유보다는 존재하는 사이. 당신은 서로를 사랑하지만, 자연과 환경과 다른 사람에게도 사랑과 관심을 갖는 성숙한 자세를 지니고 있다.

❸을 택한 당신. 너 뭐니?

위의 세 가지 사랑 표현은 단 한 글자, 조사만 빼고는 모두 같다. 조사 하나 때문에 울기도 하고 웃기도 한다. 만약 남자가 여자에게 "나는 너조차 사랑해"라고 한다면? 여자는 속으로 생각할 거다. '너조차라니. 드디어 이 인간이 미쳤구나.'

반대의 경우도 있다. 여자가 남자에게 "나만 너를 사랑해"라고 말한다면? 남자는 '뭐지, 이건?' 하고 생각할 것이다. "나만 너를 사랑해"라는 말은 마치 이렇게 들린다.

"너는 백수인데다 집안도 가난하고, 학벌도 변변찮고, 게으르고, 허황된 꿈만 꾸고 있지. 그래서 여자들한테 인기도 없잖아. 하지만, 나만은 너를 사랑해. 그러니 무릎 꿇어!"

"나는 너를 사랑해"에서 '-는', '-를' 자리에 들어가는 것을 조사라고 한다. 이 조사 위치에 어떤 것을 사용해서 말하느냐에 따라 우리는 애인에게 사랑받기도 하고 무시당하기도 한다. 그러므로 조사는 중요하다!

조사를 바꾸면 뜻도 바뀐다

우리말에서는 조사가 중요하기 때문에 조사의 종류도 많다. 따라서 다양한 조사를 사용해서 다채로운 뜻을 나타내게 된다. 또 주어와 목적어를 표현하기도 한다.

• 나는 너를 사랑해. → 나를 너는 사랑해.

위의 말을 보자. 단어의 위치는 그대로인 채, 조사만 바꿔서 주어와 목적어 역할을 하게 했다.

영어는 어떨까?

• I love you. → You love me.

위 문장에서 I와 You가 서로 자리를 바꾸면 뜻이 달라진다. 단순히 자리만 바꾼 건데 '나는'을 뜻하는 I가 '나를'을 뜻하는 me로 바뀐다. 위치도 바뀌고 모양도 변한 것이다. 영어는 말 또는 글자의 위치와 모양이 바뀌면 뜻도 변한다.

중국어는 어떨까?

- 我愛你(워 아이 니: 나는 너를 사랑해)
- 愛我你(니 아이 워: 너는 나를 사랑해)

위치는 바뀌었지만, 모양은 그대로다. 중국어는 글자의 위치를 바꾸면 뜻도 바뀐다. 이게 고립어의 특징이다. 장강(長江)은 '긴 강'이란 뜻이지만, 강장(江長)은 '강이 길다'는 뜻이 된다.

조선시대 아이들은 가정이나 서당에서 천자문에 앞서 《사자소학四字小學》이란 지침서로 도덕교육을 받았다. 그 첫 줄과 둘째 줄은 이렇게 되어 있다.

- 父生我身(부생아신: 아버지 나를 낳으시고)
- 母鞠吾身(모국오신: 어머니 나를 기르셨다)

우리말로는 '아버지께서 나를 (내 몸을) 낳았다' 또는 '나를 아버지께서 낳았다'나 같은 뜻이다. '어머니께서 나를 기르셨다'나 '나를 어머니께서 기르셨다'나 같은 말이고. '아버지께서'란 단어와 '나를'이란 단어의 위치를 서로 바꿔도 아무 상관 없다. 그러나 중국어는 단어의 위치를 바꾸면 엄청난 결과가 생긴다.

위 문장에서 父/母와 나를 뜻하는 我/吾의 위치를 바꿔 보자.

- 我身生父(아신/생/부: 내가 아버지를 낳았고)
- 吾身鞠母(오신/국/모: 내가 어머니를 길렀다)

중국어는 순서를 바꾸면 어미 아비도 모르는 자식이 된다. 영어는 말의 순서를 바꾸면서 모양도 살짝 바꿔야 뜻이 변한다. 우리말은? 말의 순서를 바꾸기보다는 조사를 써서 뜻을 바꾼다.

조사를 잘 써라.
우리말은 어떤 조사를 쓰느냐에 따라 뜻이 달라지므로
조사 사용에 주의해야 한다.

민숙아, 어디선가 읽은 이야기인데, 사람이면 누구나 다 메고 다니는 운명자루가 있고, 그 속에는 저마다 각기 똑같은 수의 검은 돌과 흰 돌이 들어 있다더구나. 검은 돌은 불운, 흰 돌은 행운을 상징하는데 우리가 살아가는 일은 이 돌들을 하나씩 꺼내는 과정이란다.

그래서 삶은 어떤 때는 예기치 못한 불운에 좌절하여 넘어지고, 또 어떤 때는 크든 작든 행운을 맞이하여 힘을 얻고 다시 일어서는 작은 드라마의 연속이라는 것이다. 아마 너는 네 운명자루에서 검은 돌을 몇 개 먼저 꺼낸 모양이다. 그러니 이제부터는 남보다 더 큰 네 몫의 행복이 분명히 너를 기다리고 있을 것이다.

또 하나, 꼭 네게 해주고 싶은 이야기가 있다. 로키산맥 해발 3,000미터 높이에 수목 한계선 지대가 있다고 한다. 이 지대의 나무들은 너무나 매서운 바람 때문에 곧게 자라지 못하고 마치 사람이 무릎을 꿇고 있는 듯한 모습을 한 채 서 있단다. 눈보라가 얼마나 심한지 이 나무들은 생존을 위해 그야말로 무릎 꿇고 사는 삶을 배워야 했던 것이지. 그런데 민숙아, 세계적으로 가장 공명이 잘되는 명품 바이올린은 바로 이 '무릎 꿇은 나무'로 만든

다고 한다.

어쩌면 우리 모두는 온갖 매서운 바람과 눈보라 속에서 나름대로 거기에 순응하는 법을 배우며 제각기의 삶을 연주하고 있는 건지도 모른다.

—장영희,《살아온 기적, 살아갈 기적》(샘터사) 중에서

장영희 영문학자. 에세이스트. 암으로 투병 생활을 하면서도 희망과 용기를 주는 글들을 전해주다가 2009년 5월 9일 향년 57세로 세상을 떠났다. 부디 다른 세상에서 행복하시길.

어미를
잘 써라
우리말의 특징 (2)

"I love you"는 우리말로 "나는 너를 사랑해"다. "나는 너를 사랑~"
다음의 말을 바꿔 보자.

나는 너를 사랑|해.

나는 너를 사랑|했어.

나는 너를 사랑|할 거야.

나는 너를 사랑|하고 싶어.

나는 너를 사랑|하지 않아.

나는 너를 사랑|할까?

나는 너를 사랑|하겠지?

'사랑해/사랑했어/사랑할/사랑하고/사랑하지/사랑할까/사랑하겠지'에서 '사랑~'은 변하지 않는다. 이 변하지 않는 부분을 어간이라고 부른다. '~해/~했어/~할/~하고/~하지/~할까/~하겠어'처럼 변하는 부분은 어미다. 이렇게 우리말은 어간에 여러 어미가 붙으면서 말의 성격과 뜻이 변한다.

또 우리말은 말의 앞, 중간, 끝 중에 끝이 특히 중요하다. 끝에 뜻을 결정하는 말이 온다. "나는 너를 사랑……해"와 "나는 너를 사랑…… 안 해(=하지 않아)"는 하늘과 땅 차이다.

영어는 어떨까? "나는 너를 사랑해"는 "I love you"지만, "나는 너를 사랑 안 해"는 "I don't love you"다.

만약 내가 스칼렛 요한슨에게 영어로 "Do you love me?"라고 물어봤다 치자. 스칼렛이 나를 싫어한다면, 나는 그녀의 말을 끝까지 들어보지 않아도 된다. "I don't……" 하고 말하는 순간, 나는 '스칼렛이 날 사랑하지 않는구나'라고 생각하고 그 자리를 떠날 것이다(사실 스칼렛이 나한테 무슨 말이라도 한 마디만 해주면 고마울 것이다). 영어는 끝까지 들어보지 않아도 된다. 중요한 정보가 앞부분에 있기 때문이다.

하지만 우리말은 끝까지 들어야 한다. 중요한 정보가 뒤에 있어서다. 만약 내가 김태희에게 "나 사랑해?"라고 물었다 치자. (나의 상상은 왜 이렇게 늘 맹랑할까?) 일단 이렇게 묻고 김태희가 하는 말("나는 너를 사랑……")을 끝까지 듣고 기다려야 한다. 그래야 "사랑해"인지 "사랑하지 않아"인지 알 수 있을 테니까.

그래서 우리 조상들은 이렇게 말했다. "조선말은 끝까지 들어야 한다"라고. 이 말은 절대 농담이 아니었다.

우리말은 서술어가 문장 맨 뒤에 오지만, 영어에서는 서술어가 주어 다음에 옵니다. 서술어가 문장의 어디에 있는지는 글을 독해하는 데 매우 중요한 요소입니다. 서술어는 중요한 정보를 가지고 있기 때문에 문장에서 차지하는 비중이 큽니다. 영어에서는 서술어가 앞에 오기 때문에 중요한 정보를 문장 앞에 놓습니다. 그런데 우리말은 서술어가 뒤에 있기 때문에 중요한 정보를 문장 뒤에 놓습니다. 글에서 중요한 정보는 글쓴이의 생각입니다.

글 A: 주목할 만한 사실은 춘향이가 예쁘다는 것이다.
글 B: 춘향이가 예쁘다는 사실은 주목할 만하다.

위 글에서 '주목할 만하다'는 정보가 '춘향이가 예쁘다'는 정보보다 훨씬 더 중요합니다. 그러므로 글 B처럼 써야지 글 A처럼 써서는 안 됩니다. 글 A처럼 쓰면 읽는 사람들이 글을 잘못 이해하게 됩니다. 글 A(중요한 정보를 앞에 놓는 것)는 영어식 표현입니다.

—이재성, 《글쓰기를 위한 4천만의 국어책》 중에서

이제 알겠는가? 우리말로 글을 쓸 때는 중요한 정보는 뒤에 놓아야 한다. 중요한 이야기는 끝에 해야 하는 법이다. 쇼 프로그램에서도 중요한 가수는 마지막에 나오지 않는가.

조사만큼이나 어미도 잘 사용해야 한다.
우리말에서는 중요한 정보를 가지고 있는 서술어가
문장 맨 뒤에 나오므로 어미를 잘 써야 한다.

《열하일기》나 《왕오천축국전》을 읽는 재미 중 하나는 두 여행기 모두 처음 의도와는 다른 길로 접어든다는 점입니다. 박지원의 애초 목적지는 북경이었고, 혜초도 지금의 인도인 천축국을 둘러보는 정도였겠지요. 그러나 모든 여행이 그렇듯, 길 위에서 뜻하지 않은 일들이 생기고, 그들의 여정은 바뀌고 맙니다.

여행과 글쓰기는 닮았습니다. 한 글자 한 글자가 모여 한 편의 긴 작품을 완성하듯 한 걸음 한 걸음을 디뎌 오랜 여행을 시작하고 마치지요. 물론 여행을 떠나기 전에, 혹은 글쓰기를 시작하기 전에, 시간과 돈과 노력에 관한 예상을 하지만, 여행 혹은 글을 시작하고 어느 순간이 오면 그 예상을 뛰어넘게 됩니다. 순간순간 떨리고 순간순간 아득합니다.

반복을 혐오하고 최초를 지나치게 아끼는 예술가일수록 이 막막하고 먹먹한 날들에 이끌리지요. 그날들을 박지원처럼 펼쳐보이느냐 혜초처럼 발바닥에 숨기느냐는 다음 문제입니다. 여행과 글쓰기가 각각 이러하다면, 여행하는 글쓰기 혹은 글 쓰는 여행은 더욱 부딪힘이 격렬하고 감정의 골도 깊을 겁니다.

도서관에 틀어박혀 이십 대와 삼십 대 초반을 보내고, 어느 날 문득 정신을 차려 보니 저는 길 위를 걷고 있었으며, 여행에 매료된 이들의 삶을 쓰기 위해 여행 중이었습니다.

　　일본과 프랑스를 거쳐 조선 여인 최초로 아프리카 땅을 밟고 조선으로 되돌아와서 자살한 비운의 여인 리심과 실학자 박지원과 신라 밀교승 혜초를 쓴다는 핑계로 5년 남짓 싸돌아다니다 보니, 작가란 떠돌 팔자란 변명을 하고 싶어, 이렇게 짧은 이야기를 하나 했습니다. 파묵의 말투를 흉내 내자면, 여행은 작가를 매혹시킴과 동시에 그 매혹의 변명이기 때문입니다.

—김탁환, 《천년 습작》(살림) 중에서

김탁환 《혜초》, 《불멸의 이순신》, 《나, 황진이》 등 치밀한 사상사적 연구가 바탕이 된 장편소설을 발표했다. KAIST 문화기술대학원 교수로 스토리텔링을 가르치고 있는 그는 작가가 되기 위한 첫째 조건을 이렇게 말한다. "혼자 밥 먹기를 두려워하지 말 것."

생략된 표현에 주의하라
우리말의 특징 (3)

다시 영어와 우리말을 비교해 보자. 만만한 'I love you'를 우리말로 옮겨 보자.

❶ 나는 당신을 사랑합니다.

❷ 너를 사랑해.

❸ 사랑해.

모두 다 맞는 문장이다. 그런데 당신은 ❶처럼 말하는 사람을 본 적이 있는가? 생각해 보라. 여기 사랑을 고백하려는 남자가 있다. 그가 여자의 눈을 보면서 "나는 당신을 사랑합니다"라고 말할까? 아니다.

설사 애인이 여섯 살 연상의 여자라 해도 이렇게 말하지는 않는다. 그냥 "사랑해요"라고 말한다. ("사랑합니다"는 뒤에 "고객님"이 붙지 않으면 무효.)

그런데 영어는? 영어로 "love"라고만 말하면 영어를 쓰는 사람들은 의아한 표정을 지을 거다. 그리고 "Love what?(사랑이 뭐 어쨌다는 거야?)"이라고 물을 것이다. (그만큼 영어 쓰는 사람들 머리가 잘 안 돌아간다는 말이기도 하다.)

이번에는 영어 대 우리말로 구성된 다음 문장들을 살펴보자.

❶ What are you going to do? — 뭐 할 거니?

❷ I could eat a horse. — 배고파 죽겠다.

❸ Do you think he can do the job? — 걔가 할 수 있을까?

❹ Getting your face put in the dirt is just part of the game. — 살다 보면 별일 다 겪는다.

영어 문장을 보라. ❶의 You, ❷의 I, ❸의 you를 빼면 말이 안 된다. 만약 누군가 "What are going to do?"라고 말했다 치자. 짐작으로 서로 이해는 해도 이렇게 말해서 소통이 될 리 없다. 영어를 쓸 때는 주어(主語)를 빼선 안 되기 때문이다.

우리말은 "너 뭐 할 거니?"라고 하지 않고 그냥 "뭐 할 거니?"라고
해도 된다. 그래도 내가 너에게 말하는 것인지 안다. 우리말은 이심전
심(以心傳心)이 기본인 말이다. 묻고 답할 때 주어를 빼도 누구나 알아
듣는다.

당신이 만약 구준표에게 "사랑해요"라고 말하는데 그 자리에 윤지
후도 있었다 치자. 누가 누구를 사랑하는 건가? 당신이 구준표를 사랑
하는 거다. 이걸 들은 윤지후가 속으로 '와, 그녀가 나를 사랑해'라고
생각할까? 만약 그렇게 생각한다면 윤지후는 사이코가 된다. (이런 상
상을 하며 웃는 당신도 제정신은 아니다.)

당신이 구준표에게 한 고백(나는 당신을 사랑해요)에는 주어뿐 아니
라 목적어 '당신을'도 생략되어있다. 목적어를 생략해도 상대방은 다
알아듣는다. 당신이 구준표에게 사랑한다고 말했다면 그것은 당신이
구준표'를' 사랑하는 것이지 윤지후나 소이정을 사랑하는 것이 아니
라는 사실을 당신이나 구준표나 윤지후나 소이정 모두 알고 있기 때
문이다. (물론 구준표가 당신을 사랑할지 안 할지는 아무도 모른다. 그게 '사
랑한다.'는 말을 먼저 하는 사람들의 비극!)

❷의 "I could eat a horse"을 살펴보자. 이 문장도 우리말로 옮길
때는 주어를 뺀다. 영어 원문은 '나는 말이라도 먹을 수 있을 정도로
배고프다'는 뜻이다. 우리말로는 그냥 '배고파 죽겠다'고 하면 된다.
영어와 달리 주어와 목적어를 모두 사용하지 않았지만 이 말을 하는

사람이 배고프다는 사실을 듣는 사람이나 말하는 사람이나 다 알아듣는다.

❸의 "Do you think he can do the job?"은 '너는 그가 그 일을 할 수 있다고 생각하니?'라는 뜻이다. 우리말로는 '걔가 할 수 있을까?'이다. 말하는 사람이 듣는 사람에게 제삼자에 대해 이야기하고 있다. 영어 원문에는 청자, 제삼자, 목적어를 모두 써 놓았다. 우리말은? 화자도 청자도 목적어도 없고 그냥 "그 애(그 사람)가 할 수 있을까?"라고만 해놨다. 그래도 다 알아듣는다.

❹의 문장 "Getting your face put in the dirt is just part of the game"은 주어가 길다. 'Getting your face put in the dirt'가 주어로 무려 일곱 단어가 사용되었다. 이렇게 주어가 긴 것이 영어의 특징이다. 앞서 말했듯이, 영어에서는 중요한 정보를 앞에 놓아야 하기 때문에 주어가 길어질 때가 많다. 영어에서 주어가 될 수 있는 것은 이 세상 모든 것이다. 그래서 또 주어가 길어진다.

이 문장을 그대로 직역하면 '흙 속에 네 얼굴을 집어넣는 것조차도 게임의 한 부분이다'이다. 여기서 주어는 '흙 속에 네 얼굴을 집어넣는 것'이다.

우리말은 주어가 길지 않다. 중요한 말을 뒤에 놓기 때문에 앞에 말을 주절주절 늘어놓지 않는다. 우리말은 어떤 동작이 있을 때 그것을 사람이 능동적으로 하는 일로 보려는 경향이 강하다. 위 직역문을 풀어 보면 '네가 흙 속에 얼굴을 집어넣기도 할 텐데, 그것도 게임의 한 부분이다'가 된다. 그리고 간단히 의역하면, '살다 보면 별일 다 겪는다'가 된다.

누가 별일을 다 겪게 되는 것일까? 이 문장의 주어는 숨어 있다. '우리가' 또는 '당신이'가 숨은 주어다. '우리가 살다 보면 별일 다 겪는다' 또는 '당신이 살다 보면 별일 다 겪게 된다'가 온전한 문장일 것이다. 우리말에서는 이런 문장에서도 주어를 빼 버린다. 그래도 우리는 무슨 뜻인지 다 알아듣는다. 오히려 주어가 없어야 더 자연스럽게 느껴질 정도다.

우리말은 생략이 많은 언어다. 이 사실을 명심하도록.

마지막으로 사족 같지만 한 가지 덧붙이겠다. 이희재의 《번역의 탄생》을 보면, 우리말의 생략에 대해 이런 예까지 든다.

앞의 영어 문장을 뒤와 같이 번역해도 된다는 것이다.

• I would be grateful if you would come to the party.
　　— 파티에 와주시면 고맙죠.

우리말 번역 문장에서 I와 you는 아예 언급도 하지 않는다. 정말로 우리말은 대단하다.

＊ 조사가 많고, 어미가 발달해 있고, 생략이 많다는 것 이외에도 우리말에는 다양한 모습이 있다.

1. 주어 – 목적어 – 동사의 순서를 갖는다.
2. 경어가 매우 발달되어 있다.(우리말을 배우는 외국인이 가장 경악하는 부분이다.)
3. 문장 성분의 순서가 비교적 자유롭다.
등등

더욱 자세한 내용은 문법책을 볼 것! (가장 적절하고도 한심한 대답)

Writing Rules

우리말에는 생략이 많다는 사실을 유념하라.
우리말은 영어와 달리 주어를 빼도 목적어를 빼도 무슨 뜻인지
알아듣는 경우가 많다. 이 얼마나 편리한 언어인가.

모든 살아있는 것들의 배면에는 저마다의 풍경이 있다. 사람들은 세계라고 하는 거대한 풍경에 포박되어 살아가지만, 세계는 너무 치밀하고 견고해 우리에게 그 실체를 제대로 드러내 보이지 않는다. 문제는 세계라는 텍스트 그 자체가 아니라, 세계를 완강한 사실의 영역으로 수락하게 하는 콘텍스트에 있다. (……)

심연을 갈망하면서도 표면을 살아가는, 심장의 불꽃으로 뛰어들고 싶어하면서도 껍데기의 포즈에 익숙해져야 하는 현대인의 일상은 언제나 아프다. (……)

소리는 살아있는 것들이 내는 기척이다. 나는 그런 소리들을 시 속에 불러내고자 한다. 그래서 지금보다 좀 더 달그락거리고 더 왁자지껄한 시를 쓰고 싶다. 그 소리들이 있는 곳이 바로 우리 삶의 자리이다. 소요가 끊이지 않는 일상의 언저리다. 그 일상에서 길어 올린 체험들은 내 시의 중요한 모티프이다. 고달프긴 하지만 생활 현장에서 얻은 신산한 체험들은 내 시를 완성하는 값진 채찍질이다. (……)

나는 남달리 후각이 예민한 편이다. 코로 맡을 수 있는 온갖 냄새들 중에서 유독 내 코를 자극하는 기운이 있다.

비린내가 그것이다. 시를 쓰면서 거의 본능적으로 비린
내를 감지하게 되었다.

　돌이켜 보면 비린내를 최초로 인식한 그 순간이 시인
으로 살아갈 내 존재 방식을 결정지은 순간이 아닐까 한
다. 나의 시 속에서 비린내는 부조리를 드러내는 기제가
아니다. 그것은 비린내를 풀풀 풍기며 펄떡이는 물고기
처럼, 나의 콧잔등과 목울대까지 치밀어 오르는 어떤 것,
뜨거운 생의 충동이다. 물고기도 사람도 비린내를 풍기
는 동안만 삶이다. 비린내를 느낄 수 있는 동안만 삶이다.
그러므로 스스로 비린내를 인식하는 것은 자기 인식의
고통스런 확인절차라 하겠다. 그래서 나는 오늘도 가시
적인 세계, 그 너머를 향해 더듬이를 세우고 코를 킁킁거
리고 있는지 모른다.

—휘민,《생일 꽃바구니》(서정시학) 중에서

휘민 조용하고 지적인 분위기를 물씬 풍기는 시인. 2001년 경향신문 신춘문예에 〈개신 고물상〉이 당
선되어 등단했다. 책을 읽고 그 책의 금강석 같은 문장들을 1캐럿 다이아몬드처럼 이야기해주는 재주
가 있다.

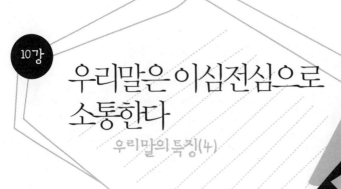

우리말은 이심전심으로 소통한다

우리말의 특징(4)

앞에서 우리말은 이심전심을 기본으로 소통한다고 했다. 학자들은 우리말을 담화 중심적 언어라고 하기도 하고, 주제 부각형 언어라고 하기도 한다. 둘 다라고 하기도 하고 두 특징은 서로 다른 개념이라고 주장하기도 한다. 자, 이런 논의는 학자들에게 맡기고, 우리가 알아야할 것에 대해서만 알아보자.

이야기를 주고받으면서 우리나라 사람들은 어떤 사실에 대해 '나도 알고 너도 알고 하늘도 안다'는 개념을 공유한다.

"어디 가?" "집에"라는 대화를 보자. 이 대화 속에는 내가 어디 가느냐고 당신에게 물었을 때 당신이 어디 가는지를 묻는 것이지, 당신이 아닌 철수나 돌만이에게 묻는 것이 아니라는 상황이 전제되어 있다. 또 당신이 '집에'라고 나에게 대답했을 때는 당신이 집에 '간다'는 것이지 집에 '황금 송아지가 있다'라고 말하는 것이 아니라는 사실을 당신과 나 둘 다 이해하고 있다는 것을 담보로 한다.

'거시기'를 예로 들어 보자. 거시기란 단어를 전라도 사투리로 아는 사람들이 많지만, 명백한 표준어다. 국립국어원 표준국어대사전에는 거시기에 대한 풀이가 이렇게 나와 있다.

거시기
[Ⅰ]「대명사」: 이름이 얼른 생각나지 않거나 바로 말하기 곤란한 사람 또는 사물을 가리키는 대명사.
[Ⅱ]「감탄사」: 하려는 말이 얼른 생각나지 않거나 바로 말하기가 거북할 때 쓰는 군소리.

거시기가 대명사로 쓰이는 예를 들어 보자.
"고등학교 때 거시기 있잖아. 잘 까불고 얼굴 까무잡잡했던 애."
같은 말이 감탄사로 쓰이는 예는 다음과 같다.
"저, 거시기, 길 좀 물어 봅시다."
이런 거시기가 전라도 지역에서는 거의 모든 말의 대체 단어로 쓰인다.
"참, 거시기 하구만."이라는 말 속에 들어 있는 '거시기'에는 '쑥스럽다', '놀랍다', '기쁘다', '슬프다', '짜증난다', '괴롭다', '화난다' 등 다양한 의미가 숨어 있다.

친구 사이인 두 남자가 여름에 공터에서 다리 벌리기 운동을 하고 있다 치자. 남자 A의 반바지 사이로 뭔가가 보이자 남자 B가 이렇게 말했다.

"어이, 자네 거시기…… 참 거시기 허네."

그럼 다른 남자는 곧 옷을 추스르게 되어 있다.

위의 말의 뜻은 '자네 고추가 보여 민망하네'라고 해석될 수 있다. 그러나 '자네 고추가 참 크네'라고 해석될 수도 있다. 심지어 정반대로 '자네 고추가 참 작네'라는 의미로 해석되기도 한다. 위 '거시기 허네'에 숨은 뜻은, 우리가 남자 B가 되어 벌린 다리 사이에 내보인 남자 A의 거시기를 눈으로 직접 보기 전까지는 알 수가 없다. 참, 거시기하다.

전라도 말만 그런 게 아니다. 경상도로 넘어가자. 서로 연인 사이인 남녀가 만났다. 여자가 다짜고짜 남자에게 퍼붓는다. "니 정말 그칼래!"

이렇게 물으면 남자는 무조건 잘못했다고 빌어야 한다. "너 정말 그렇게 할래!"라고 물었을 뿐이지만, 남자는 어제 자기가 여자 몰래 다른 여자랑 모텔에 간 게 들통 났다고 확신하게 된다. 남자가 '걸어 다니는 좋은 생각' 같은 사람이라 치자. 그렇다면, 매일 밤 9시마다 했던 전화를 어젯밤에는 까먹었다는 사실을 깨닫고 역시 무조건 잘못했다고 빌어야 한다.

도대체 여자가 왜 화가 나서 "정말 그렇게 할래?"라고 물었는지는 그 여자의 애인이 되지 않고서는 감지할 수가 없다. 참 그렇다.

다른 지역이라고 다를까?

자전거 타기에 입문한 중년 부부가 있다. 화창한 5월의 어느 날, 이들은 처음으로 자전거를 타러 나가게 됐다. 미끈한 MTB를 한 대씩 사고, 헬멧에 검은색 쫄티와 검은색 스판 바지를 차려입었다. 밖으로 나가기 전, 두 사람은 나란히 서서 현관 거울을 본다. 두 사람은 이렇게 말한다.

"좀…… 그렇지?"

"정말 좀 그렇다."

이때의 '그렇지? - 그렇다' 역시 '부끄럽다', '쑥스럽다', '창피하다', '어색하다' 등 다양한 뜻을 내포한다. 더불어 '살 좀 빼야겠다' 또는 '살 좀 쪄야겠다', '너무 야하다' 또는 '너무 촌스럽다', '화려하다' 또는 '칙칙하다', '나이 들어 보인다' 또는 '어린애 같다'는 뜻일 수도 있다.

나아가 '당신, 몸에 너무 신경 안 쓴다', '당신은 어떻고?'라는 의미도 들어 있다. 그 의미가 무엇인지는 거울 앞에 선 두 사람만 안다. 그 의미가 무엇이든 간에, 두 사람이 서로 공유하고 있는 것만은 사실이다. 상황이 말을 대신하고 있으며 소통하고 있는 것이다. 이심전심인 것이다. 그럼 된 것이다.

이런 예는 지역에 국한된 것이 아니다. 충청도 지역 사람이 "아무래도 좀 그렇지유"라고 할 때 그 좀 그렇다는 것이 무엇이 어떻게 그렇다는 것인지, 이야기를 하고 있는 바로 그 상황 안에 들어가 있지 않고서야 짐작할 길이 없다. 이야기를 나누는 바로 그 시각, 그 공간 안에 있는 두 사람만이 알고 있을 뿐이다.

강원도 지역 사람이 "에이, 좀 그렇드래요"라고 말할 때, 그것이 좋다는 것인지 싫다는 것인지, 기쁘다는 것인지 슬프다는 것인지, 화난다는 것인지 만족스럽다는 것인지는, 단순히 '좀 그렇드래요'라는 언표만으로는 도무지 인식할 수 없다. 다만, 대화를 나눈 담화쟁론의 당사자만이 그 시니피앙(signifiant, 소리)이 가진 시니피에(signifié, 소리로 표시되는 의미)를 인지할 수 있을 것이다.

우리말은 그래서 아이러니하게도, 말이 필요 없는 말이다. 우리는 흔히 말한다. "꼭 말을 해야 아니?" 그렇다. 말이 필요 없는 말이라는 것이 우리말의 무한한 가능성이자 한계다. 우리는 꼭 말을 해야 아는 것이 아닌 상황 속에서 자라왔다.

어린 시절, 어머니의 "또! 또!"라는 외침이 무엇을 뜻하는지 빠르게 파악하고, 조금 더 자라 아버지의 "너!"라는 외마디가 무엇을 말하는지 신속히 접수하고, 조금 더 커서 애인이 말하는 "진짜!"라는 일갈이 무엇을 의미하는지 순간적으로 이해해야 살아남을 수 있었다.

그래서 "사랑해"라는 말도 결혼식 때 딱 한 번 하고 평생 하지 않는다. 말을 해야 아는 게 아니기 때문이다. 말하지 않아도 알기 때문이다. 아니, 말하지 않아도 아는 척해야 살아남기 때문이다. (아, 그래도 나는 아침저녁으로 듣고 싶다. '사랑한다.'는 말을.)

이토록 지난한 말들의 전쟁에서 살아남은 선조들은, 결국 이 한 마디를 남겨 우리를 경계하고 있다.

"온 놈이 온 말을 하여도 님이 짐작하소서……."

여기까지 쓰고 보니 참 거시기하다.

우리말은 이심전심을 기본으로 소통한다.
말하기 곤란한 상황이나 이름이 얼른 생각나지 않을 때
사용하는 '거시기'라는 단어에는 이심전심으로 소통하는
우리말의 특징이 담겨 있다.

우리말에 특이한 단어가 어디 한둘이겠는가마는 '놀다'라는 단어만큼 이상한 단어도 드물 듯하다. 사람들에게 노는 것 좋아하느냐고 물어보면 열이면 여덟, 아홉은 좋아한다고 한다. 요즘처럼 비정규직 노동자 문제가 심각한 때에는 당장 '놀게' 될까 두려워하는 이들도 많지만, 그래도 로또 대박을 맞아 평생 '놀고먹을' 꿈을 꾸는 것만은 말릴 수 없다. 노는 것은 일단 좋은 것이다. 그런데 이상하게도 남이 자신을 '놀리면' 기분이 나빠진다. 싸우고 들어온 아이들에게 왜 싸웠느냐고 물으면 십중팔구는 "짜식이 놀리잖아"라고 대답한다. (……)

동서를 막론하고 고대 종교 의식의 보편적 구성요소는 살해(희생), 혼음, 음주와 집단 가무—나중에 다시 언급하겠지만, 현대인의 가장 근원적인 성소(聖所)는 나이트클럽이다—였다. 노는 것의 정수는 주색잡기가 아니겠는가.

고대인들은 동족이나 다른 종족을 희생으로 삼고, 술 마시고 춤추고 노래함으로써 신을 기쁘게 할 수 있다고 믿었고, 그 행위를 하면서 스스로도 즐거워했다. 근대 이후에 일반화한 분석적 시선으로 본다면 '노는 것'을 구성하는 여러 행위들은 서로 얽히기도 하고 구별되기도 하

우리말은 이심전심으로 소통한다

107

겠지만, 고대적 인식틀 속에서는 단 한 가지 의미를 지닌 행위였을 뿐이다. 신을 부르고 그를 기쁘게 하는 것. 그래서 신나게(신이 나오게) 놀아야 했고, 놀다 보면 신이 났다. 영어의 'play'와 'pray'도 반 끝 차이다. (……)

요즈음에도 왕왕 '신나게 놀자'와 같은 뜻으로 쓰이는 말이 '광란의 밤을 보내자'는 말이다. 미친 듯이 논다거나 노는데 미쳤다거나 하는 말도 자주 쓰인다. (……)

미치는 대상은 어디까지나 '노는 일'이어야 한다. 노는 것과 미치는 것은 너무나 잘 어울린다. 목이 터져라 노래 부르고 남이 뭐라고 하든 아랑곳하지 않고 흔들어대는 일은 '미쳐야' 할 수 있다. 노래를 부를 바에야 미친 듯이 부르고 춤을 출 바에야 정신없이 추어야 한다.

—전우용, 《서울은 깊다》(돌베개) 중에서

전우용 서울대학교 국사학과를 졸업하고 동대학원에서 '19세기말~20세기 한인 회사 연구'로 박사 학위를 받았다. 서울대학교 병원 역사문화센터 교수로 재직 중이다.

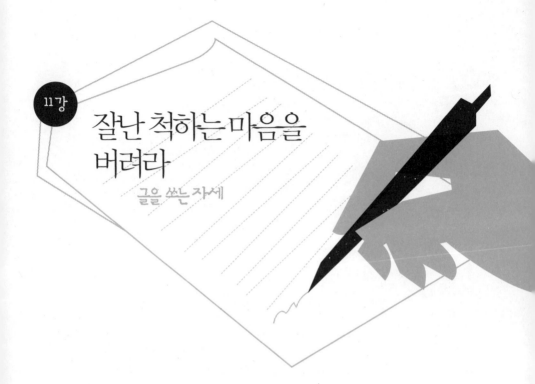

잘난 척하는 마음을 버려라

글을 쓰는 자세

가슴에 손을 얹고 생각해 보자. 도대체 좋은 글이란 어떤 걸까? 어떤 글을 읽을 때 우리는 '글이 좋다'라고 생각할까? 일단, 잘 읽혀야 할 것이다. 잘 읽힌다는 것은 저자가 자신의 감정이나 사상을 독자에게 잘 전달하고 있다는 것을 뜻한다. 바로 소통이 잘 된다는 것, 커뮤니케이션이 잘 된다는 것을 뜻한다. 말을 횡설수설하는 사람은 글도 그렇게 쓴다.

음악평론가 이영미는 말했다. "글을 써 보면 알게 된다. 무엇이 당신의 커뮤니케이션을 방해하고 있는지."라고.

우선 좋은 글이 어떤 것인지 생각하기 전에 좋지 않은 글이 어떤 것인지 알아보자. 다음 문제를 풀어보라.

[질문] 다음 중 좋은 글을 쓰려는 사람의 자세가 아닌 것은?
❶ 솔직한 마음을 갖는다.
❷ 즐거운 마음을 갖는다.
❸ 반성하는 마음을 갖는다.
❹ 잘난 척하는 마음을 갖는다.

정답은? ❹번이다. 참 쉬운 문제 아닌가?

일단, 잘난 척하는 마음만 없으면 '좋지 않은 글'은 쓰는 일은 면할 수 있다. 잘난 척하는 마음은 오만, 교만, 타인에 대한 무시, 글에 대한 방심, 자신이 가진 것에 대한 과시 등등을 말한다. 이런 자세로는 좋은 글을 쓸 수 없다.

또, 사실보다 훨씬 과장해서 표현하려는 마음, 거짓으로 예쁘게 꾸미려는 마음, 남들 흉내 내서 쓴 글, 무미건조한 글, 혼잣말 같은 글, '한 말 또 하고 한 말 또 하고' 하는 글 등이 나쁜 글이다.

그렇다면 다시 좋은 글이란 무엇인가? 어떤 게 좋은 글인가?

감동을 주는 글

감동을 주는 글을 쓰려면 어떻게 해야 하는가? 아마도 솔직해야 할 것이다. 느낌이 깊어야 할 것이다. 남다르게 생각해야 할 것이다. 그렇다면 우리가 어떤 것으로부터 감동을 받는지 생각해 보자.

이기주의? 아니다. 이기주의는 우리에게 감동을 주지 못한다. 이타주의가 감동을 준다. 미움? 아니다. 사랑이 감동을 준다. 자기 자랑? 아니다. 겸손이 감동을 준다. 감동은 늘 단순하고 소박한 것들에서 나온다. 박애, 배려, 성실, 사랑, 신념, 불굴의 의지, 용기…… 뭐 이런 것들.

이런 모든 '감동을 주는 개념들'을 감동 덩어리라고 하자. 좋은 글은 이 덩어리를 향해 가는 것이어야지 등지는 것이어서는 안 된다.

유머가 있는 글

사람들에게 웃음을 주는 글이 좋은 글이다. 확실하게 울리지 못할 바에야, 미소를 짓게 만드는 글이 더 낫다.

반전이 있는 글

독자의 예상 동선을 배반해야 한다. 작가의 계획도 배척해야 한다. 그럼, 이런 반전은 어떻게 만드는가? 처음부터 치밀하게 계산해서 반전을 집어넣는 작가도 있다. 그러나 반전은 때로 글 쓰는 사람이 자판을 두드릴 때 느닷없이 그의 머리에 떠오르기도 한다. 그게 바로 글쓰기의 반전이다.

정보를 주는 글

인터넷의 이 시대에 정보를 준다는 것은 어떤 의미인가? 인터넷 상의 텍스트가 주지 못하는 정보를 의미한다. 깊이 있는 정보를 뜻한다.

쓰는 사람의 발바닥에서 우러난 정보를 뜻한다. 필자의 소금기와 혈흔이 묻어 있는 정보를 말한다. 이런 정보는 읽는 사람이 먼저 알아본다.

정보란 그 정보를 취합한 사람의 우주를 반영한다. 인터뷰가 인터뷰어의 인간관을 투사하듯이. 인터넷상의 정보는, 다수의 손을 거치면서 정밀하지 못한 대중지식으로 전락할 위험이 크다. 현장에서 귀로 듣고, 눈으로 보고, 물어서 알게 된 정보가 모니터를 통해 얻을 수 있는 정보보다 훨씬 가치 있다.

그 외

권있는(권있다는 말은 전라도 사투리로 '자꾸 눈이 가며 보면 볼수록 예쁘다'는 뜻) 글, 모냥(모냥은 모양의 충청도 사투리) 빠지지 않는 글, 단디이(단디이는 경상도 사투리로 야무지게, 빈틈없이) 쓴 글, 미출한(미출하다는 강원도 사투리로 '미끈하게 잘생겼다'는 뜻) 글, 곱드락(곱드락다는 제주 사투리로 '아름답다'는 뜻) 글, 세련된 글, 쉬크한 글, 쌈박한 글이 좋은 글이다.

이런 글을 쓰는 게 우리 모두의 숙제다.

잘난 척하며 쓰지 마라.
좋은 글을 쓰려면 먼저 잘난 척하는 마음을 버려야 한다.
좋은 글이란 감동을 주는 글인데 잘난 척해서는 감동을 줄 수 없다.

음악이 너무 가슴에 사무쳐 볼륨을 최대한 높여놓고 그 음악에 무릎 꿇고 싶은 날이 있습니다. 내 영혼의 깃발 위에 백기를 달아 노래 앞에 투항하고 싶은 날이 있습니다. 음악에 항복을 하고 처분만 기다리고 싶은 저녁이 있습니다.

지고 싶은 날이 있습니다. 어떻게든 지지 않으려고 너무 발버둥치며 살아왔습니다. 너무 긴장하며 살아왔습니다. 지는 날도 있어야 합니다. 비굴하지 않게 살아야 하지만 너무 지지 않으려고만 하다 보니 사랑하는 사람, 가까운 사람, 제 피붙이한테도 지지 않으려고 하며 삽니다.

지면 좀 어떻습니까. 사람 사는 일이 이겼다 졌다 하면서 사는 건데 절대로 지면 안 된다는 강박이 우리를 붙들고 있는지 오래되었습니다. 그 강박에서 나를 풀어주고 싶습니다.

폭력이 아니라 사랑에 지고 싶습니다. 권력이 아니라 음악에 지고 싶습니다. 돈이 아니라 눈물 나게 아름다운 풍경에 무릎 꿇고 싶습니다. 선연하게 빛나는 초사흘 달에게 항복하고 싶습니다. 침엽수 사이로 뜨는 초사흘 달,

그 옆을 따르는 별의 무리에 섞여 나도 달의 부하, 별의 졸병이 되어 따라다니고 싶습니다.

낫날 같이 푸른 달이 시키는 대로 낙엽송 뒤에 가 줄 서고 싶습니다. 거기서 별들을 따라 밤하늘에 달 배, 별 배를 띄우고 별에 매달려 아주 천천히 떠나는 여행을 따라가고 싶습니다.

사랑에 압도당하고 싶습니다. 눈이 부시는 사랑, 가슴이 벅차서 거기서 정지해 버리는 사랑, 그런 사랑에 무릎 꿇고 싶습니다. 진눈깨비 같은 눈물을 뿌리며 사랑하는 사람을 만나러 가고 싶습니다.

─도종환, 《그대 언제 이 숲에 오시렵니까》(좋은생각) 중에서

도종환 교사의 길과 시인의 길을 함께 걸어 오다 교단을 떠나 충북 보은군 산속에서 작품 활동을 하고 있다. 지은 책으로 시집 《고두미 마을에서》, 《접시꽃 당신》, 《사람의 마을에 꽃이 진다》, 산문집 《모과》, 《사람은 누구나 꽃이다》 등이 있다.

잘난 척하는 마음을 버려라
117

12강

문장을 길게 쓰지 말고
잘라 써라

다, 다, 다, 사랑하기

첫 수업에서 바른 자세와 고무 주걱으로 반죽 싹싹 긁기, 단계를 마칠 때마다 도구를 정리하고, 깨끗한 행주로 테이블을 닦는 것까지 배웠으며, 결과물을 만들어내는 것보다 중요한 원칙들을 알려 주시는 셰프 님의 열정과 전문가다운 면모가 남다르게 느껴졌고, 무엇보다 기대하지 않았던 내 실력으로도 첫 수업부터 나름 괜찮은 모양의 과일 타르트와 브라우니가 완성될 수 있다는 사실에 꽤히 뿌듯했다.

위의 글을 읽어 보라. 한 호흡에 읽을 수 있는가? 숨을 한 번도 쉬지 않고 끝까지 읽을 수 있는가? 불가능하다. 내 호흡으로는 둘째 줄 '테이블을 닦는 것까지' 읽고 숨을 들이마셔야 했다.

글은 말하는 것처럼 쓰면 된다. 아무리 빨리 말을 해도 위 문장을 한 번에 다 말할 수는 없다. 끊어야 한다. 어떻게? 다음을 보자.

첫 수업에서 바른 자세부터 배웠다. / 고무 주걱으로 반죽 싹싹 긁기, 단계를 마칠 때마다 도구 정리하기, 깨끗한 행주로 테이블 닦기 등. / 결과물을 만들어내는 것보다 중요한 원칙을 알려 주시는 셰프 님의 열정과 전문가다운 면모가 남다르게 느껴졌다. / 무엇보다 기대하지 않았던 내 실력으로도 첫 수업부터 나름 괜찮은 모양의 과일 타르트와 브라우니가 완성될 수 있다는 사실에 괜히 뿌듯했다.

이렇게 4개의 문장으로 만들면 훨씬 부드럽게 읽힌다. 우린 쓰기 위해 쓰는 것이 아니다. 누군가 내 글을 읽어주기를 바라며 쓰는 것이다.

문장을 길게 쓰지 말고 잘라라. ~며, ~고 대신 다쩜 다쩜 다쩜(다.다.다.)을 사랑하라.

Writing Rules

한 호흡에 읽을 수 있게 써라.
글은 읽기 위해 쓰는 것이다. 읽는 사람을 고려해
다쩜 다쩜 다쩜을 사랑하라.

　예술의 이해에 있어 가장 중요한 것들은 감상 능력과 지적 역량과 역사적 통찰입니다.

　예술은 우리의 감성에 기초한 미적 현상입니다. 예술에 대한 접근에 있어 그 미적 구조물에 대한 감상과 감동은 그러므로 가장 중요하고 기본적인 것입니다. 예술 이론에 대하여 아무리 많은 것들을 알고 있고 예술 작품에 대한 정보에 있어 아무리 능란하다 해도 만약 그것들을 진정한 감동과 기쁨으로 감상할 수 없다면 사실상 예술에 대하여는 모르고 있는 것입니다. 그러므로 무미건조하고 메마른 마음으로는 예술을 이해할 수 없습니다. (……)

　예술 이해에 있어 두 번째로 중요한 것은 지적 역량입니다. 우리는 일반적으로 지성과 심미적 역량을 대조적인 두 가지의 인간 활동으로 믿고 있지만 사실은 이 둘은 상호의존하고 있고 서로 보완적인 것입니다. 지성이 없다면 진정한 예술은 있을 수 없고 또한 예술이 없다면 과학적 통찰과 직관도 없는 것입니다. 그러므로 아름다움을 즐길 수 있기 위하여 그리고 예술을 이해하기 위하여는 통찰력과 날카로움이 함께하는 지적 노력이 동시에 수반되어야 합니다. (……)

문장을 길게 쓰지 말고 잘라 써라

예술의 이해와 관련하여 세 번째로 고려되어야 할 사항은 역사와 또한 그 역사에 속해있는 예술에 대한 사적 고찰입니다. (……)

그리고 이 모든 것들에 더하여 이 모든 것들을 가능하게 하는 중요한 것은 철학에 대한 소양입니다. 철학은 먼저 우리가 우리 삶과 우주를 어떤 방식으로 이해하고 있는가를 말해주는 학문입니다. 그러므로 철학적 견지 하에서 예술사를 바라보게 되면 우리는 많은 것들을 그 근본에 있어 이해하게 됩니다. (……)

이러한 철학적 이해와 동시에 예술을 탐구해 나갈 때 여러분은 예술에 대한 커다란 통찰을 얻을 수 있습니다.

이러한 것들이 제가 감히 말하는 바 예술사에 있어서 중요한 것들입니다. 그러나 궁극적으로 더 중요한 것이 있습니다. 여러분이 스스로의 삶의 의미와 이유를 알고자 하는 마음속의 요구를 굳건히 지속적으로 유지하는 것, 강렬하고 타협 없는 마음으로 노력하고 분투하는 것입니다.

—조중걸,《나의 학생들에게》중에서

조중걸 예술사 연구가. 예일대학에서 서양예술사와 수학철학으로 박사학위를 받았다. 인생의 의미는 학문과 예술에 있다고 믿는 사람. 《키치, 우리들의 행복한 세계》, 《열정적 고전읽기》, 《플라톤에서 비트겐슈타인까지》등을 썼다.

13강

그리고 그런데
그래서? 어쩌라고
불필요한 접속부사 빼기

　과연 우리는 지하철의 어떤 점에 매력을 느낄까? 일단 지하철 배차 시간은 매우 정확하다. 따라서 밀리는 일도 없고 오래 기다릴 필요도 없다. 그래서 약속을 정확히 지킬 수 있다. 그리고 전날 다 하지 못한 자료 검토를 통근하면서 할 수 있어서 좋다. 그뿐만이 아니다. 늦잠을 자서 마무리하지 못한 화장을 지하철에 앉아 마저 할 수도 있고, DMB 방송을 보며 웃을 수도 있다.

　그런데 내가 느끼는 지하철의 가장 큰 장점은 따로 있다. 크게 흔들리는 버스와 달리 지하철에서는 독서를 즐길 수 있다는 것이다. 물론 자리에 앉았는데도 졸리지 않을 때에 한해서지만.

이 장의 제목에서 뭘 말하려는지 눈치챘을 것이다. 접속부사 문제다. 위 예문을 접속부사(과연, 일단, 따라서, 그래서, 그리고, 그런데, 물론……)를 다 빼고 다시 써 보자.

우리는 지하철의 어떤 점에 매력을 느낄까? 지하철 배차 시간은 매우 정확하다. 밀리는 일도 없고 오래 기다릴 필요도 없다. 약속을 정확히 지킬 수 있다. 전날 다 하지 못한 자료 검토를 통근하면서 할 수 있어서 좋다. 그뿐만이 아니다. 늦잠을 자서 마무리하지 못한 화장을 지하철에 앉아 마저 할 수도 있고, DMB 방송을 보며 웃을 수도 있다.
내가 느끼는 지하철의 가장 큰 장점은 따로 있다. 크게 흔들리는 버스와 달리 지하철에서는 독서를 즐길 수 있다는 것이다. 자리에 앉았는데도 졸리지 않을 때에 한해서지만.

훨씬 깔끔하다. 세련돼 보인다. 오히려 더 잘 읽힌다. 접속부사를 빼도 크게 이상하지 않다면 꼭 필요한 것이 아니다. 필요하지 않은 접속부사는 무조건 빼라.

Writing Rules

필요없는 접속부사는 무조건 빼라.
그리고, 그런데, 그래서…… 접속부사를 남발하면
글이 깔끔해 보이지 않는다.

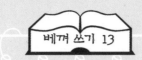

어느 날, 스승과 제자는 여행을 하던 중에 한 농장에 도착합니다. 주변 환경이 기름진 곳임에도 불구하고 농장은 황량했습니다. 농장 한가운데 있는 낡은 집에 사는 세 아이를 둔 부부 역시 누더기 차림이었습니다. 농장 주인은 젖소 한 마리에서 나오는 우유로 생계를 겨우 유지한다고 했습니다.

그 이야기를 듣고 농장을 떠나는 길에 스승이 제자에게 말했습니다.

"저 사람들 몰래 젖소를 절벽으로 끌고 가 떨어뜨리고 오너라."

스승을 절대적으로 믿고 따르던 제자는 가난한 농장의 생계수단인 젖소를 절벽에 떨어뜨리고 왔지만 마음이 아팠습니다.

몇 년이 지난 후, 제자는 기업가로 대성공을 하여 그 농장을 다시 찾았습니다. 그때의 일에 대해 용서를 구하고 경제적인 도움을 줄 생각이었죠. 그런 마음으로 농장에 도착했는데, 그곳은 놀랍게도 아름답고 풍요롭게 변해있었습니다. 농장 주인은 한눈에 제자를 알아보고 그간의 이야기를 해주었습니다.

모든 일이 젖소 한 마리가 절벽에 떨어져 버리고 난 다음에 벌어진 일이었습니다. 젖소가 없어지자 농장 주인은 허브와 채소 농사를 시작했고, 주위에 있는 나무를 베어 팔고, 새로운 묘목을 심었습니다. 그렇게 몇 년을 보내고 나자 생활이 달라진 겁니다. 주인은 말합니다.

"이곳에서 그 모든 일들을 할 수 있으리라고는 한 번도 생각해 본 적이 없었습니다. 그때 젖소가 절벽에서 떨어진 것이 얼마나 다행인지⋯⋯."

우리는 누구나 이런 젖소 한 마리씩을 가지고 있을 겁니다. 당신의 젖소는 무엇입니까?

—원재훈, 《오늘만은》(생각의나무) 중에서

*마지막 문구 '당신의 젖소는 무엇입니까?'는 원작자의 양해를 구하고 임의로 넣은 것임.

원재훈 시인, 소설가. 물과 산 그리고 짐승과 더불어 사람이 착하게 사는 세상을 꿈꾸며 클래식 음악을 자주 듣는다. 늦은 밤에 커피를 즐기고, 글쓰기에 대해 가르치며, 라디오에 나와 책 이야기를 한다. 나이에 비해 동안이며 훈남이다.

14강

새로 나온 샴페인과 진짜 콜라

꾸미는 말과 꾸밈 받는 말

다음 글을 읽고 어색한 곳을 골라 보라.

❶ 클래식 공연을 보면서 중간 휴식시간에 무척 샴페인을 마시고
싶을 때가 있다.

❷ 어제는 어찌나 더운지 길을 가다 말고 진짜 콜라가 마시고 싶어
졌다.

❸ 민아는 도자기로 된 휴대폰 고리를 자신의 휴대폰에서 빼서 직
접 오빠 휴대폰에 달아줬다.

❶을 보자. 클래식 공연장이다. 중간 휴식시간이 되자, 이 글을 쓴

사람은 공연장 로비에 있는 카페로 간다. 이 카페에는 탄산음료, 맥주 뿐 아니라 샴페인도 구비되어 있다. 그중 신상품 샴페인이 있으니, 그 이름은 바로 '무척 샴페인!' 프랑스 샹파뉴 지방의 뼈대 있는 가문인 무슈 무척과 마드모아젤 무척이 힘을 합해 새로 내놓은 작품이다.

❷의 글쓴이는 길을 가다 '진짜 콜라'가 마시고 싶어진다. 그동안 마신 것은 모두 가짜 콜라였다. 심지어 어떨 때는 '1박2일식 복불복 게임'을 위해 간장에 액젓이 섞인 것을 콜라인 줄 알고 마신 적도 있다. 글쓴이는 생각한다. '이번엔 간장도 액젓도 아닌 제대로 된 콜라를 먹고 싶다고!'

❸을 보자. 민아는 새로 사귄 오빠를 만난다. 그녀는 오빠에게 뭐든지 다 주고 싶어한다. 휴대폰 고리도 선뜻 줘버린다. 민아는 선물을 주며 생각한다. '내 사랑! 당신한테는 뭘 줘도 아깝지 않아요' 민아의 새 오빠 이름은 김직접 씨다. 그녀의 고리를 '직접 오빠'의 휴대폰에 달아 줬다지 않는가?

우리말은 단어 순서에 크게 구애받지 않는다. 글은 말하듯 쓰면 된다고 말했다. 물론 그렇다. 그런데 예외도 있다. ❶❷❸처럼 써도 아무도 때리지 않는다. 다만, 뜻을 명백히 전하려면 다음의 원칙을 지켜야 한다.

"꾸미는 말은 꾸밈 받는 말 앞에 쓴다."

프랑스어 몽블랑Mont blanc을 보자. 몽블랑은 프랑스와 이탈리아 국
경에 있는 고도 4,810미터로 서유럽에서 가장 높은 산이며, '하얀 산'
이란 뜻이다. 하얀은 blanc, 산은 mont이다. 꾸미는 말인 '하얀'이 꾸
밈 받는 말 '산' 뒤에 왔다. 같은 산을 이탈리아어로는 몬테비안코Monte
Bianco라고 한다. 역시 꾸미는 말 '비안코(하얀)'가 꾸밈 받는 말 '몬테
(산)' 뒤에 왔다. 프랑스어와 이탈리어어는 형용사가 명사 앞에 오기도
뒤에 오기도 한다. (형용사 위치에 따라 뜻이 바뀌기도 한다.)

그렇다면 우리말은 어떨까? '산 하얀'이란 말이 없듯이, 꾸미는 말
은 꾸밈 받는 말 앞에, 그것도 바로 앞에 온다. 앞의 예문은 그대로 써
도 큰 문제가 되지 않는다. 그러나 다음과 같이 고치면 글쓴이의 의도
가 훨씬 명확하게 드러난다.

❶ 클래식 공연을 보면서 중간 휴식시간에 무척 샴페인을 마시고
   싶을 때가 있다. → 클래식 공연을 보면서 중간 휴식시간에 샴페
   인을 무척 마시고 싶을 때가 있다.
❷ 어제는 어찌나 더운지 길을 가다 말고 진짜 콜라가 마시고 싶어
   졌다. → 어제는 어찌나 더운지 길을 가다 말고 콜라가 진짜 마시
   고 싶어졌다.
❸ 민아는 도자기로 된 휴대폰 고리를 자신의 휴대폰에서 빼서 직

접 오빠 휴대폰에 달아줬다. → 민아는 도자기로 된 휴대폰 고리를 자신의 휴대폰에서 빼서 오빠 휴대폰에 직접 달아줬다.

우리말에서는 꾸미는 말은 꾸밈 받는 말 앞에 써야 뜻이 명확해짐을 기억하라.

꾸미는 말은 꾸밈 받는 말 앞에 쓴다.
우리말은 단어 순서에 크게 구애받지 않지만 이 원칙은 예외다.
꾸미는 말과 꾸밈 받는 말의 순서가 바뀌면 모호한 표현이 된다.

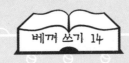

젊음과 늙음

'젊다'는 형용사이고, '늙다'는 동사다. 형용사는 양태를 나타내고 동사는 움직임을 뜻한다. 그러므로 젊다는 건 순간이고 늙는다는 건 쉼 없이 지속된다. '너 때문에 내가 늙는다 늙어!'라는 말은 있어도 '너 때문에 내가 젊는다 젊어'라는 말은 문법적으로 성립되지 않는다. 젊음은 한 때의 이미지지만 늙음은 시간의 흐름이다.

형용사 시절엔 인생이 늘 젊음으로 가득찰 것이라 생각한다. 그러나 젊은 나날에 저질렀던 실수를 수습하기도 전에, 우린 무지막지한 동사의 침범을 당한다. 다행히 쓰러졌다 다시 일어서기도 하지만, 고꾸라져 끝내 일어나지 못하기도 한다. 젊은 날엔 젊음을 모르고, 젊은 날엔 아낌을 모르고, 젊은 날엔 내일을 모른다.

그렇다면 도대체 무엇이 가치 있고, 무엇이 영원한 것인가? 권력? 보석? 맹세? 돈? 예술? 사랑? 모든 가치 있는 것은 부질없다. 모든 영원한 것은 순간적이다. 모든 아름다운 것은 헛되다. 그대와 내가 나누었던 젊은 한 때의 말들은 헛되다. 그대와 내가 나누었던 젊은 한 순간의 몸짓들

은 부질없다. 그대와 내가 나누었던 젊은 한 시절의 교감
은 순간적이다. 그러므로 그대와 나의 사랑은 아름답다.

　신앙이 가득한 자들은 신앙이 부족한 자들을 몰아세우
기 마련이다. 신념으로 뭉친 자들은 저희들끼리 줄을 서
서 흐트러진 대열에 남은 사람들을 욕하기 바쁘다. 친구
도 형제도 가족도 늘 우리의 가슴에 못 박기 일쑤다. 도대
체 무엇이 있어 우리로 하여금 이 팍팍한 세상을 살아지
게 만드는가? 사랑? 아아, 그래 사랑뿐이다. 그러나 사랑
이란 꿈이고 바람이고 젊음이다. 형용사다. 늘 바뀌고 변
하고 사라진다.

　사랑이 형용사가 아닌 세상에 살고 싶다. 살아오면서
사랑하나 갖지 못했던 이유는, 늘 동사로 늙어가는 내 추
함 때문이다. 늙어도 변하지 않는 사랑을 알고 싶다. 타락
하고 문란하고 퇴색한 이 땅에서, 오롯이 솟아 오른 뿔 같
은 사랑 하나 간직하고 싶다. 온 놈이 온 말을 하여도 짐
작하는 님 하나 품고 싶다. 허나 나 스스로의 변덕을 나조
차 제어하지 못하니 어느 누가 내 님이 되어 준단 말인가.
강철 같은 사랑, 변하지 않는 사랑, 순수한 사랑을 가진
형용사 시절의 그가, 오늘은 눈물 나도록 그립다.

　　　　　　　—명로진 (대가들의 글 사이에 슬쩍 집어 넣어 본다)

15강

주어와 술어를
어울리게 써라

주어–술어 호응

다음 문장을 소리 내어 읽어보라.

❶ 내 소원은 우리 아이가 행복하기를 기원하는 것입니다.

❷ 진정한 친구는 서로 말을 하지 않아도 통할 만큼 이심전심으로
어울리는 친구여야 진정한 친구입니다.

❸ 막이 내려온 후 가슴이 멍한 비극의 여운이 가장 오래도록 남았
던 연극을 꼽으라면 난 당연히 오만석이 나온 〈이〉가 좋다.

❹ 처음 제가 볼리비아 사업장에 들어섰을 때 가장 놀랐던 것은, 사
무실에 볼일을 보러 온 중학생 또래의 조금 큰 결연 아동인 줄 알
았을 정도로 155센티미터가 채 안 될 것 같은 작은 키에, 푹 눌러

쓴 야구모자, 까맣게 그을린 얼굴에 선량한 눈을 가진 청년 파블로는 저를 보며 얼마나 수줍게 웃던지 꼭 마을에 사는 십대 초반의 아이 모습, 그대로였습니다.

이 문장들은 모두 주어와 술어가 서로 호응하지 않는다. 이런 문장을 비문(非文)이라고 한다. 문장이 아니라는 뜻이다. 문장의 최소 요건은 주어와 술어가 서로 짝이 맞아야 한다는 것이다.

❶의 문장을 다시 보자.

우리 시대의 어머니 김말순 씨가 있다. 말순 씨는 큰 맘 먹고 매일 새벽 북한산 도선사에 올라 백일 기도를 올리고 있다. 기도 제목은 '우리 아이가 행복하게 사는 것'이다. 매일 북한산에 오르다 보니, 말순 씨는 체력이 좋아지고 피부도 고와지고 산도 좋아하게 됐다. 어느새 말순씨의 소원은 '아이가 행복하게 사는 것'이 아니라 '기도하기'가 됐다.

위 문장만 보면 그렇다. 문장의 주어는 '내 소원은'이고 서술어는 '기원하는 것입니다'다. '내 소원은 ~ 기원하는 것입니다'란 다시 말하면 '내 소원은 ~ 소원하는 것입니다'란 뜻이다. 아이들이 흔히 쓰는 비문으로 이런 게 있다.

내가 좋아하는 음식은 스파게티 같은 음식을 좋아합니다.

이 문장의 주어는 '음식은'이고 술어는 '(음식을) 좋아합니다'다. ('음식을'은 목적어이다.) 주어 – 술어를 붙이면 '음식은 음식을 좋아합니다'라는 이상한 말이 된다.

문장 ❶로 돌아가자. 말순 씨의 소원은 '우리 아이가 행복하기를 기원하는 것'이다. 기원하는 것이 목적이 되고 만다. 결국 아이가 행복하기를 기원하지 못하게 되면, 즉 도선사가 문을 닫거나 말순 씨가 산에 오르지 못하게 되면 큰일난다. 아이가 행복해지든 말든 상관없다. 그러므로 ①의 문장은 (a)나 (b)처럼 써야 한다.

(a) 내 소원은 우리 아이가 행복하게 사는 것입니다.
(b) 나는 우리 아이가 행복하기를 소원합니다.

❷의 문장을 보자.
이 문장의 주어는 '진정한 친구는'이다. 술어는 '진정한 친구입니다'다. '진정한 친구는 ~ 진정한 친구입니다' 서로 어울리는가? 이게 어울린다면, '사람 사는 세상은 아름다운 사람 사는 세상입니다', '내가 좋아하는 스포츠는 축구 같은 좋아하는 스포츠입니다', '우리 아버지는 아주 엄하신 우리 아버지입니다'도 어울리는 셈이다.

누가 그런 문장을 쓰겠느냐고? 문장이 길어지면, 여러분도 그렇게 쓸지 모른다. 글쓰기 강의 현장에서, 긴 문장을 이런 식으로 쓰는 사람을 나는 수도 없이 많이 봐 왔다.

위 문장은 주어 - 술어가 서로 호응하지 않는다. 서로 호응하게 하려면, 어울리게 하려면 어떻게 해야 할까?

(c) 진정한 친구는 서로 말을 하지 않아도 통할 만큼 이심전심으로 어울려야 합니다.
(d) 서로 말을 하지 않아도 통할 만큼 이심전심으로 어울리는 친구 여야 진정한 친구입니다.

(c)나 (d)처럼 고쳐야 한다. 그런데 나는 이 두 문장 모두 맘에 들지 않는다. '서로 말을 하지 않아도 통하는 것'이 바로 '이심전심' 아닌가? 이 문장은 같은 말을 두 번 하고 있다.

(e) 진정한 친구는 서로 말을 하지 않아도 통해야 합니다.
(f) 진정한 친구는 이심전심으로 어울려야 합니다.

(e)나 (f)처럼 쓰면 그만이다. 얼마나 간단명료한가.

❸의 문장을 보자.
이 문장은 '누군가 나에게 좋은 연극을 꼽으라고 한다면, 나는 '이'를 말하겠다(권하겠다, 추천하겠다)'라고 써야 한다.
그러나 원문은 '누가 나에게 좋은 연극에 대해 말하라 한다면, 나는 '이'가 좋다'의 의미가 된다. 앞의 조건절과 뒤 문장이 어울리지 않는다. "누가 나에게 누구를 사랑하느냐고 묻는다면, 나는 장근석이 좋다" 이 문장이 자연스러운가? "누가 나에게 누구를 사랑하느냐고 묻는다면, 나는 장근석을 사랑한다고 말하겠다"가 논리에 맞다. 위 문장은 다음과 같이 고쳐야 한다.

막이 내려온 후 가슴이 멍한 비극의 여운이 가장 오래도록 남았던 연극을 꼽으라면 난 당연히 오만석이 나온 〈이〉를 떠올릴 것이다. (말할 것이다, 택할 것이다.)

❹의 문장은 너무 길어져서 비문이 된 경우다.

첫 대목의 주어는 '(가장) 놀랐던 것은'이다. 그런데 나중에 '파블로는'이란 주어가 또 나온다. 우리말에 주어가 두 개인 문장이 있긴 하다. 중국집에서 '뭐 먹을래?'라고 물었을 때 '나는 역시 자장면이 최고야'라고 답했다 치자. 뒤 문장은 주어가 두 개지만, 뒤의 '자장면이'는 목적어 역할을 한다. '나는 자장면을 최고로 좋아한다', '나는 (앞사람들이 뭐를 시키든) 자장면을 시키겠다'는 정도의 의미다.

이 때문에 '주어–술어 호응'을 '주제어–술어 호응'이라 말하는 학자들도 있다. 주제어란 그 문장이 서술하는 중심 어휘를 말한다. '오늘은 날씨가 매우 화창하다'에서 '오늘은', '일은 젊어서 해야 해'에서 '일은'이 주제어다. 주제어는 주어 노릇도 하고, 목적어 노릇도 하며, 부사어 노릇도 한다. 중요한 건, 하나의 주어(또는 주제어)에 하나의 서술어가 호응해야 한다는 것이다. (남영신《나의 한국어 바로쓰기 노트》)

다시 ❹의 문장을 보자. 첫 번째 주어 '놀랐던 것은'이 뒤의 술어 '(아이의 모습) 그대로였습니다'와 어울리지 못한다. 문장이 길어지면, 앞에 나온 말들을 잊게 된다. 이런 문장은 잘라서 몇 개의 문장으로 만들고 순서를 바꿔 주어야 한다.

제가 볼리비아 사업장에 처음 들어섰을 때였습니다. 155센티미터가 채 안 될 것 같은 작은 키에, 야구모자를 푹 눌러 쓴 사람이 볼일을 보러 왔습니다. 나는 그가 사무실에 볼일을 보러 온 중학생 또래의 곁연 아동인 줄 알았습니다. 까맣게 그을린 얼굴에 선량한 눈을 가진 청년 파블로는 저를 보며 수줍게 웃었습니다. 마을에 사는 십대 초반의 아이 모습, 그대로였습니다.

Writing Rules

주어와 술어를 어울리게 써라.
문장의 최소 요건은 주어와 술어가 서로 짝이 맞는 것이다.
주어와 술어가 어울리지 않는 문장을 우리는 비문이라고 한다.

　　바깥에 비가 많이 오는 일요일 오후면 백석 선생님의 시를 읽
는다.

　　옛날엔 통제사가 있었다는 낡은 항구의 처녀들에겐
　　옛날이 가지 않은 천희라는 이름이 많다.
　　미역 오리같이 말라서 굴껍지처럼 말없이 사랑하다 죽는다는
　　이 천희의 하나를 나는 어느 오랜 객줏집의
　　생선 가시가 있는 마루방에서 만났다.
　　저문 유월의 바닷가에선 조개도 울을 저녁
　　소라방등이 불그레한 마당에 김 냄새 나는 비가 나렸다.
　　(……)

　　옛날이 가지 않는 이름, 천희. 백석 선생은 그 이름을 이렇게
잡아 두었다. 미역 오리같이 말라서 굴껍지처럼 말없이 사랑하다
죽는다는 옛날이 가지 않은 그 이름의 여자들, 천희. 그런 이를
만나는 날 김 냄새 나는 비가 내린다면 오랜 항구도시 통영은 옛
날이 가지 않을 것 같다. 옛날이 가지 않는 날이 계속될 것 같다.

　　　　　　　　　　　　　　　　—허수경, 《길모퉁이의 중국식당》(문학동네) 중에서

허수경 시인, 소설가. 시집 《슬픔만한 거름이 어디 있으랴》, 《혼자 가는 먼 집》, 《내 영혼은 오래 되었
으나》, 장편소설 《모래도시》가 있다.

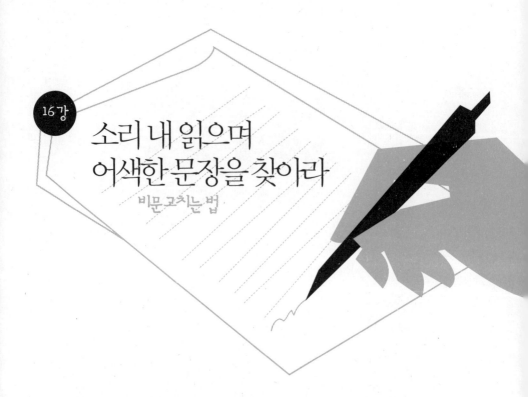

16강

소리 내 읽으며
어색한 문장을 찾아라

비문 고치는 법

앞 장에서 '주어와 술어를 어울리게 쓰라'고 했다. 주어와 술어를 어울리게 쓰지 않으면 문법에 맞지 않는 비문이라고 했다. 그럼 어떻게 해야 비문을 쓰지 않게 될까?

우선, 글 속의 '숨은 주어'를 찾아야 한다.

주중에 나는 회사일과 업무상의 만남으로 이래저래 치이고 밟힌다. 그래서 주말을 기다린다. 주말에는 언제나 황학동 벼룩시장으로 출근하는 날이다.

윗글의 마지막 문장을 보자.

주말에는 언제나 황학동 벼룩시장으로 출근하는 날이다.

이 문장에서 숨은 주어는 '나는'이다.

주말에는 나는 언제나 황학동 벼룩시장으로 출근하는 날이다.

주어 '나는'과 '출근하는 날이다'는 서로 호응하지 않아 어색하므로 이 문장은 다음과 같이 고쳐야 한다.

주말에는 (나는) 언제나 황학동 벼룩시장으로 출근한다.

숨은 주어 '나는'은 빼도 되고 넣어도 된다. 이 문장을 이번에는 주어를 바꿔 다음과 같이 쓸 수도 있다.

주말은 언제나 황학동 벼룩시장으로 출근하는 날이다.

이때는 '주말은 ~ 출근하는 날이다'로 주어, 술어가 서로 호응한다. 이 글을 쓴 사람은 '주말에는 ~ 출근하는 날이다'로 써 놓고 어색함을 느끼지 못하고 있었다. '주말에는'이란 부사어를 주어로 생각했기 때문이다.

문장을 써 놓고 퇴고하는 단계에서 비문을 없애는 가장 좋은 방법은, 자기가 쓴 글을 '소리 내서 읽는 것'이다.

교육방송에서 책 관련 프로그램을 진행하고 있을 때였다. 유명 저자들을 초청해서 책의 한 부분을 낭독하게 했다. 그 중 가장 기억에 남는 작가는 신경숙이다. 신경숙은 자신의 소설《리진》을 낭독하면서 리진과 명성황후의 대사를 번갈아가며 읊었다. 마치 라디오 드라마 성우처럼 그녀는 어린 리진과 중후한 민비의 목소리를 완벽하게 소화해냈다. 나는 물었다.

"어쩌면 그렇게 연기를 잘하십니까?"

신경숙 작가가 답했다.

"나는 소설 한 편이 끝나면, 처음부터 끝까지 작중 인물이 되어 큰 소리로 읽어봅니다."

바로 그거다. "큰 소리로 읽어 보기!"

글을 썼다면 퇴고 단계에서 처음부터 끝까지 소리 내서 읽어 보자. 어색한 부분이 있을 것이다. 십중팔구는 비문이다. 이때 발견한 비문을 고쳐 써라. 어떻게 고치면 될까? 퇴고할 때는 다음 세 가지 원칙을 기억하자.

첫째, 말하듯 쓴다

다음의 예를 보자.

순수미술을 전공하고 패션 관련 일을 하고 싶어하는 스물다섯 살의 나는 조급한 성격은 아니지만 큰 일에 담담하고 작은 일에 소심한 성격을 가져서 사람들이 의외라며 놀라기도 한다.

이렇게 말하는 사람이 있을까? 어색한 부분을 다음과 같이 자연스럽게 고쳐 보자.

나는 순수미술을 전공했다. 나이는 스물다섯 살이며 패션 관련 일을 하고 싶다. 나는 조급한 성격은 아니다. 큰일에 담담하고 작은 일에 소심한 성격을 가졌다. 그래서 사람들이 의외라며 놀라기도 한다.

둘째, 잘게 나눈다

두 번째 원칙은 첫 번째 원칙의 연장선상에 있다.

나는 영국에서 패션 디자인을 전공하고 귀국했다. (a) 이곳의 수업 방식이 그곳과 달라 처음에는 어려움을 겪었지만, 현재는 조금씩 적응해가는 중이며 앞으로의 계획은 열심히 공부해서 내가 디자인한 것을 선보이고 싶다.

(a) 문장을 나누고 수정해 보자.

이곳의 수업 방식이 영국과 달라 처음에는 어려움을 겪었다. 현재는 조금씩 적응해가는 중이다. 열심히 공부해서 내가 디자인한 것을 선보이고 싶다.

원문 중에 '앞으로의 계획은'은 아예 뺐다. 그랬더니 훨씬 간결하고 세련된 문장이 됐다.

셋째, 주어를 길게 쓰지 않는다

세 번째 원칙 역시 첫 번째, 두 번째 원칙과 함께 써야 한다. 다음 예를 보자.

아이를 낳아 키우는 과정은 제2의 탄생이라는 누군가의 말처럼 아이로 인해 인생의 진정한 의미를 찾게 되기도 하고, 그간 무심코 살아왔던 하루하루가 한 생명에게 이렇게 큰 변화와 성장을 가져온다는 사실에 놀라움을 넘어 경이로움마저 느끼는 것이 엄마다.

위 문장의 주어는 '아이를 낳아 ~ 느끼는 것이'다. 너무 길다. 우리나라 사람들은 이렇게 주어가 긴 말에 익숙하지 않다. 말이나 글의 중요한 정보는 주로 서술어에 들어 있다. 앞서 우리말의 서술어는 뒤에 나온다고 했다. ('나는 너를 사랑한다', '그녀는 아름답다', '나는 너의 아비다' 등) 서술어로 가기까지 저렇게 긴 시간을 들여야 한다면, 김이 빠진다.

위 예문의 긴 주어를 버리고, 문장의 주체인 '엄마'를 주어로 써서 다음과 같이 고치면 좋다.

누군가 말했다. 아이를 낳아 키우는 과정은 제2의 탄생이라고. 엄마는 아이를 통해 인생의 진정한 의미를 찾는다. 무심코 살아왔던 하루하루가 한 생명에게 이렇게 큰 변화와 성장을 가져온다는 사실에 놀란다. 놀라움을 넘어 경이로움마저 느낀다.

Writing Rules

큰 소리로 읽어가며 고쳐라
다 쓴 글에서 비문을 찾아내는 가장 좋은 방법이다.
큰 소리로 읽다 보면 어색한 문장이 보일 것이다.

역전의 가게에서 자란 내게 세상의 모든 것은 지나가는 것들이었다. 가게는 서향이었다. 오후가 되면 빛의 각도는 날카로워졌으므로 어머니는 두 손으로 쇠 손잡이를 잡고 힘겹게 차양을 드리웠다. 그러면 오랫동안 그늘이 떠나지 않았으므로 가게 안은 평화로웠다. 나는 즐겨 가게 앞에 앉아서 저무는 태양을 바라봤다. 태양이 저무는 모습은 어느 때고 장엄했다. 구름들은 덧없이 흩어졌다. 유년 시절에 오랫동안 그 구름들을 바라봤으므로 나는 덧없는 것들만이 영원히 반복된다고 이제쯤 말할 수 있다. (……)

역에서 사람들의 시선은 늘 삼십도 정도 위쪽을 향했다. 역의 천장은 높았다. 세 종류의 게시판을 붙여놓기 위해서였다. 거기에는 상행선, 즉 서울로 가는 기차들의 시간표를 붙여놓은 게시판이 있었고 하행선, 즉 부산으로 가는 기차들의 시간표를 붙여놓은 게시판이 있었다. (……)

내가 자란 도시에서 아이들은 고등학교를 졸업하자마자, 혹은 고등학교를 졸업하기도 전에 그 시각표에 나오는 종착역으로 갔다. 그렇게 떠나지 않은 사람들이 그 도시를 이끌었다. 그들은 옷가게를 하기도 하고 새로운 음

식사업을 하기도 했다. 라이온스클럽이나 로터리클럽 같은 곳의 청년회원이 되기도 했다. 그들 중 몇몇은 시의원이 되기도 했고 시장이 되기도 했다. 종착역으로 떠난 사람들은 모두 타지사람이 됐다. 타지사람들은 어디서나 고단한 삶을 살아가는 모양이었다. 이따금 그 도시에 남은 사람들에게 타지사람이 된 그들의 고생담이 풍문처럼 들려왔다. "차라리 고향에 남아 있었더라면……."이라고 말하는 사람도 있었다.

　하지만 졸업반이 된 모든 고등학생은 모두 타지사람을 꿈꿨다. 덧없는 것들만이 영원히 반복된다고 해도 꿈은 늘 새롭다. 질서정연하게 역을 거쳐 가는 기차들의 행렬은 불순했다. 그건 언제나 아이들을 유혹했다. 서울, 수원, 천안, 혹은 대구, 마산, 부산 같은 곳의 삶이 거기와 다를게 하나도 없다고 하더라도 아이들의 최종적인 꿈은 그런지명이 찍힌 기차표였다. 그 꿈은 자주 이뤄졌다. 그러므로 역에서 나는 늘 삼십도 정도 위쪽을 바라보며 서 있었다. 그건 가게 앞에 앉아 구름을 바라보던 시선과 다르지 않았다. 모든 덧없는 것들만이 나를 사로잡았다.

—김연수, 《여행할 권리》(창비) 중에서

김연수 소설가. 《네가 누구든 얼마나 외롭든》, 《세계의 끝 여자친구》, 《밤은 노래한다》, 《산책하는 이들의 다섯 가지 즐거움》 등을 썼다. 열심히 놀고, 즐겁게 쓰는 사람. '새마을호는 대개 통과하고 무궁화호는 일분 정도 머물다 가는' 그의 고향은 경북 김천.

17강

한 번에
하나씩 써라
좋은 구성이란

스물다섯의 나는 아직 어리다. 왜냐고? 여전히 크고 있기 때문이
다. 작년에 162센티미터였는데 올해 3센티미터 자라서 165센티미
터다. 몸무게는 그대로 47킬로그램. 언니들은 "어떻게 하면 아직도
키가 크느냐"고 묻는다. 사람들은 내 이런 외모를 부러워한다. 솔직
히 나는 한 10킬로그램쯤 찌고 싶다.

내 성격은 다혈질이다. 조금만 화가 나도 불같이 소리를 지른다.
하지만 그것도 아는 사람들이 있을 때 이야기다. 잘 모르는 사람들
앞에서는 말을 잘 하지 않는다. 첫인상은 새침하지만 알고 보면 왈
가닥이라서 '이중인격'이라 불리기도 한다.

나는 물이라는 물질의 성질을 좋아해서 물을 바라보고 있는 게

좋다. 비 오는 날의 창문, 한강, 어딘가에 맺힌 물방울 등등. 모든 걸 반영하고 모든 것에 자신을 맞추는 물은 신기하기 그지없다. 물은 순수, 생명, 본질을 나타낸다.

나는 이런 본질에 대한 것이 좋다. 이질적인 단어 두 가지를 놓고 생각하기를 좋아한다. 거기에는 어떤 정답도 없지만 나름의 생각이 정리되면 적어놓고 넘어간다. 이질적인 단어들에 대해 생각하다 그것들의 본질이 무엇일까 고민해 보지만 역시 정답은 없고 그때그때 상대적인 결론을 맺게 된다.

이런 생각은 나를 긍정적인 마인드로 인도하기도 하지만, 대부분 자괴감과 상실감 가득한 어떤 곳으로 데려가기 마련이다. 그래서 공상을 시작할 때면 겁이 난다. 그 공상 끝에 난 '나는 왜 이런 생각으로 고민하는가?', '그래서 뭐 어떻게 살겠다는 것인가?' 하는 생각으로 후회하기 때문이다.

—나원생

이 글은 한 대학원생이 '나에 대하여'라는 제목으로 쓴 글의 전문이다. 만약 당신이 글쓰기 선생이라면, 이 글을 읽고 뭐라고 말해주겠는가?

❶ 다이어트 비결이 뭔가?
❷ 키가 계속 큰다는데, 뭘 먹는지?
❸ 잘난 척하지 마라.

❹ 전화번호를 알려달라. (나 남자.)

물어본 내가 잘못이다. 아무튼 이 글에는 여러 가지 이야기가 담겨 있다.

첫 단락은 외모, 두 번째 단락은 성격, 세 번째 단락은 물, 네 번째 단락은 본질에 대해 말하고 있다. 마지막은 공상에 대한 이야기로 끝난다. 이 글을 쓴 사람에게 물어봤다.

— 도대체 무슨 말을 하려는 건가?
"나에 대해서 말하고 싶었다."
— 원래 한 번 이야기 하면 이 얘기 했다, 저 얘기 했다 하는가?
"좀 그런 편이다."
— 술 마시면 더 심해지는가?
"대체로 그런 편이다. 술은 와인을 좋아한다. 와인 안주로는 뭐니뭐니해도 치즈가 최고."
— 묻지 않아도 대답하는 편인가?
"어떻게 알았는가? 정말 족집게다."

우리가 카페에 앉아 이야기할 때는, 이 얘기 했다, 저 얘기 했다 해도 된다. 그때의 이야기는 목적이 없기 때문이다. 그러나 친목을 도모하기 위한 수다라 해도, 일관성 없는 구성은 상대방에게 배척을 받는다.

아리스토텔레스는 《시학Poetics》에서 말했다. "가장 나쁜 플롯은 에피소드 플롯이다."

이야기에는 구성이 있어야 한다. 아리스토텔레스는 가장 좋은 구성이 아니라, 가장 구린 구성에 대해 강조했다. 이 '에피소드 플롯'이라는 거다.

에피소드는 주된 이야기 속에 삽입된 곁가지 이야기다. 다른 글과 연관성이 없는 이야기다. 이런 독립된 이야기들을 아무 개연성 없이 이어 놓는 구성이 가장 나쁜 구성이라는 것이다.

나원생 씨의 원문은 각 단락이 에피소드다. 앞뒤의 단락이 서로 맞닿아 있어야 할 이유가 없다. 외모-성격-물-본질-공상의 순서를 성격-물-본질-외모-공상으로 해도 되고, 공상-물-본질-성격-외모로 해도 된다. 이런 구성은 읽는 이의 주의를 붙들어 놓지 못한다. 수다를 떨 때는 용납될지 몰라도 에세이를 쓸 때는 용서 받지 못한다.

구성이 좋은 글을 쓰려면 어떻게 해야 할까

한 가지만 이야기하면 된다. 한 번에 하나씩 말하면 되는 것이다. 앞의 예를 다시 보자. 외모, 성격, 물, 본질, 공상이라는 다섯 가지 주제 중에서 하나에 대해서만 써야 했다. 이를테면 다음과 같이.

스물다섯의 나는 아직 어리다. 여전히 크고 있기 때문이다. 작년에 162센티미터였는데 올해 3센티미터 더 자라서 165센티미터다. 몸무게는 그대로 47킬로그램. 사람들은 이런 외모를 부러워한다. 솔직히 나는 한 10킬로그램쯤 찌고 싶다.

내 성격은 다혈질이다. 조금만 화가 나도 불같이 소리를 지른다. 하지만, 그것도 아는 사람들이 있을 때 이야기다. 잘 모르는 사람들 앞에서는 말을 잘 하지 않는다. 첫인상은 새침하지만 알고 보면 왈가닥이라서 '이중인격'이라 불리기도 한다.

이런 성격 때문에 나는 늘 예민하다. 고민도 많다. 그래서 살이 찌지 않는지도 모른다. 누구는 물만 먹어도 살이 찐다고 하는데, 나는 물을 무척 좋아한다. 하루에 2리터는 족히 마시는 것 같다. 마시는 것뿐만이 아니다. 물이라는 물질의 성질을 좋아해서 물을 바라보는 게 좋다. 비 오는 날의 창문, 한강, 어딘가에 맺힌 물방울 등등. 모든 걸 반영하고 모든 것에 자신을 맞추는 물은 신기하기 그지없다. 물은 순수, 생명, 본질을 나타낸다.

나도 물처럼 유유자적하는 성격이었으면 좋겠다. 그럼 살도 찌겠지? 내가 제일 듣기 싫은 소리는, '넌 말라서 좋겠다'는 말이다. 이런 말을 들으면 정말 짜증 난다. 가는 팔뚝을 내놓기 싫어서 여름에도 긴 팔을 입고 다니는 심정을 알지도 못하면서. 아니다. 앞으로는 이런 말을 들어도 웃어넘겨야겠다. 그래야 느긋해지고 살도 붙겠지.

물처럼, 물처럼만 살자. 누군가 "다이어트 어떻게 하니?"라고 물으면 말해 줘야겠다. "물을 많이 드세요"라고.

이 글은 성격과 물에 대해 언급하면서도 결국은 한 가지만 줄기차게 이야기하고 있다. 그 한 가지는 뭐? 외모다…….

하나만 이야기하라.
글을 쓸 때는 구성이 중요하다. 가장 나쁜 구성은
독립된 이야기들을 아무 개연성 없이 이어 놓는 것이다.

당신은 '미즈 스트롱'이다. 건강하고 독립심이 강한 여자는 진실로 아름답다. 그렇지만, 단지 소비적인 유행의 에스컬레이터에 실려 가면서 매일 온갖 헬스 기구로 몸을 단련하고, 세계 제일의 화장품 소비 국가를 만드는 데 기여하고, 자유분방함을 빙자하여 반라의 패션만을 일삼거나 전통적인 부덕의 모든 덕목을 무조건 백안시하려는 태도를 가진 당신이라면, 당신이 진실로 전 시대의 어머니들보다 건강하고 아름답다고 말할 수는 없을 것이다.

당신은 자본주의적 소비문화에 이미 깊숙이 빠져버려 창조적 생산성을 스스로 팽개쳤을지도 모르기 때문이다. 참다운 생산성은 그런 식의 겉모습에서 나오는 게 아니다.

문학적으로 여성성은 물의 이미지다. 사냥꾼의 운명으로 살아야 했던 남자들의 이미지가 불이라 한다면 여성은 물의 이미지를 갖는다. 전투적인 불과 달리, 물은 부드럽고 따뜻할 뿐 아니라 낮은 데로 낮은 데로 흘러, 끝내 빈틈의 소외까지 꽉 채우고 마는 너그러운 포용성을 갖는다.

수승화(水承火)라고 하지 않던가.

고요하지만 불을 이기는 것이 물이다. 우리 사회의 온 갖 분열과 갈등의 대부분은 지난 반세기 우리가 남성 중심인 '불의 문화'로 살아왔기 때문이다. 모든 생명의 원천이 물이라는 사실은 누구도 부인하지 못할 것이다. 생산성을 가진 진실로 강한 여성이 되는 것이야 백 번이라도 환영할 일이지만, 강해지기 위해서 소비의 전사가 되기 위해 짐짓 여성성을 부정하면서까지 남자처럼 될 필요는 없다. 그것은 오히려 자신의 장점을 내다버림으로써 전략적으로도 손해일 뿐 아니라 약자의 콤플렉스만 드러내는 결과로 나타나기가 쉽다.

—박범신,《남자들 쓸쓸하다》(푸른숲) 중에서

박범신 우리 시대의 영원한 청년 소설가. 실제 나이와 상관없이 그렇게 불린다. 젊게 보일 뿐 아니라, 젊게 생각하며 젊게 살기 때문이다.《향기로운 우물 이야기》,《죽음보다 깊은 잠》,《풀잎처럼 눕다》, 《불의 나라》,《나마스테》등을 썼다.

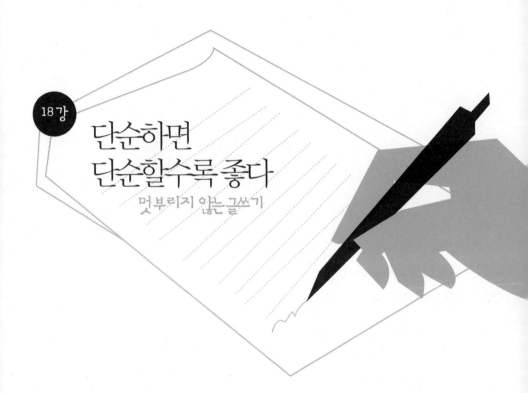

단순하면
단순할수록 좋다
멋부리지 않는 글쓰기

❶ 천연 잔디마냥 녹색 페인트를 뒤집어쓴 옥상, 그곳을 마당으로 가진 그녀와 나의 분홍색 마름모꼴 옥탑방 안. ❷ 새벽의 정적을 날카롭게 찢으며 울어대는 알람. ❸ 주말의 단잠에 취해있는 사람이라면 송곳과 바늘이 천장에서 쏟아져 내리는 기분일 것이다. ❹ 내 옆에 잔뜩 웅크리고 누워있는 여자친구에게 이렇게 미안한 맘으로 나는 주말을 시작한다. ❺ 여자친구는 주중에 한 시간이나 걸리는 거리를 매일 출퇴근해야 한다. 그것도 하루 종일 서서 말해야 하는 영어 강사.

이 글의 첫 문장을 보자. 서술어가 없이 명사형으로 끝난다. 그다음

문장도 마찬가지다. 세 번째 문장이 되어서야 겨우 서술어 '것이다.'
가 나온다. 네 번째 문장의 주어는 '나는'인데 한참 뒤에 나온다. 다섯
번째 문장은 어떤가? 여자친구에 대해 설명을 하고, 직업을 거론한다.
마지막 문장도 역시 서술어 없이 끝난다.

이런 글은 어디서부터 고쳐야 할지 모를 정도다. 글이 어지럽고 낯
설다. 왜? 말하는 것처럼 쓰지 않아서다. 조선 중기의 문신 박세당은
아들에게 이렇게 말했다.

"글을 지을 때는 반드시 생경하고 궁벽한 병통을 없애야만 한다. 글
을 평이하게 펼쳐서 온건하고 순순하게 하기를 힘써야 문체가 절로
좋아지는 법이다. 또 특히나 처음과 끝을 상세히 점검해서 글의 귀결
이 주제의 맥락을 잃지 않도록 해야만 한다. 네가 쓴 시권(詩卷)을 보
니 생경하고 난삽하다."(정민,《아버지의 편지》에서 인용)

너무 꾸미려 하면 본질이 보이지 않는다. 생경하고 난삽하면 주제의
맥락에서 벗어나게 된다. 주제에서 벗어나지 않게 쓰려면 글이 단순하
고 강직해야 한다.

우리글의 단순한 형태는 다음 세 가지 중 하나다.

• 무엇이 무엇이다. (예) 나는 학생이다.

- 무엇이 어떠하다. (예) 그녀는 예쁘다.
- 무엇이 뭔가를 하다. (예) 그 사람은 학교에 간다.

글을 처음 쓸 때는, 위의 세 가지 형태 내에서 문장을 완성하는 연습을 해보라. 되도록 단문으로 끝내라. 꾸미는 말, 꼬이는 말, 장식하는 말, 복잡한 구와 절이 포함된 말은 모두 버려라. 그런 말은 문장을 자유자재로 구사할 수 있을 만큼 훈련이 되었을 때 써도 된다. 어설프게 수식하지 마라. 글이란 단순하면 단순할수록 좋은 것이다.

맨앞의 예문을 되도록 글쓴이의 표현을 없애지 않고 하나하나 고쳐보았다. 원래의 글과 비교해 보자.

❶ 천연 잔디마냥 녹색 페인트를 뒤집어쓴 옥상, 그곳을 마당으로 가진 그녀와 나의 분홍색 마름모꼴 옥탑방 안.
  → 옥상은 천연 잔디마냥 녹색 페인트를 뒤집어쓰고 있다. 그곳에 그녀와 나의 옥탑방이 있다. 옥탑방은 분홍색 마름모꼴이다.
❷ 새벽의 정적을 날카롭게 찢으며 울어대는 알람.
  → 새벽의 정적을 깨고 알람이 울린다.
❸ 주말의 단잠에 취해있는 사람이라면 송곳과 바늘이 천장에서 쏟아져 내리는 기분일 것이다.
  → 단잠에 취해있는 사람이 들으면 송곳이 천장에서 쏟아져 내리는 기분을 느낄 것이다.
❹ 내 옆에 잔뜩 웅크리고 누워있는 여자친구에게 이렇게 미안한

맘으로 나는 주말을 시작한다.

　→ 여자친구가 내 옆에 웅크리고 누워 있다. 나는 그녀에게 미안
　　한 맘으로 주말을 시작한다.

　다음을 보라. 앞의 문장처럼 어색하게 멋 부리지 말고 뒤의 문장처
럼 단순하게 써라.

- 여행상품의 이용은 가장 저렴하게 일본 온천을 이용하는 방법이다.
  → 여행상품을 이용하면 저렴하게 일본 온천에 갈 수 있다.
- 큐슈를 추천하는 가장 큰 이유는 교통비 절감에 있다.
  → 큐슈를 선택하면 교통비를 아낄 수 있다.
- 온천 여관의 요금이란 사실 가장 비탄력적인 부분이라고 볼 수
  있다.
  → 온천 여관의 요금은 쌀 때도 있고, 비쌀 때도 있다.

Writing Rules

멋 부리지 마라.
처음 글을 쓰는 사람일수록 단문으로 끝내라.
어설픈 수식은 금물. 글이란 단순하면 단순할수록 좋은 것이다.

　결혼이 뭐냐. 두 어른이 하나의 독립 채산 가족을 창설
하는 거다. 부모 가족에 인수 합병, 아니라고. 그런데 언
젠가부터 우리 가족 시스템, 이 '어른' 육성에, 실패하고
있다. 삶의 불확실성, 제 힘으로 맞서는 순간, 아이는 어
른이 된다. 그런데 우리 시스템, 그 대면, 부모가, 최대한,
지연시킨다. 부모의, 내가 널 어떻게 길렀는데 – 채권, 그
리 확보된다. 그리고 그렇게 삶 자체를 위탁한 아이들, 결
혼하고도, 평생 누군가의 자식으로 산다.

　그래서 이 땅에서 효도는, 채무다. 허나, 삶 자체의 변
제, 애당초, 불가능한 거다. 그리하여 대한민국에서, 효도,
죄의식이 되고 만다. 명절은 그 죄의식 탕감받으러 가는
날. 길이 막혀 다행이다. 갇힌 시간만큼 속죄의 진정성은
입증되나니. 반면 그 죄의식이 버거운 자들, 그 대리 지
불, 자식 된 권리로 합리화해버린다. 유학도 결혼도 자식
된, 합당한 권리. 그거 풀서비스 못 하는 부모는 자격 미
달자. 이들에게 부모는, 유산이다.

　우리 사회, 이 과도 사육과 성장 지체를, 효와 사랑이라
부른다. "이 세상에 없어도 유학 보내고 결혼시키는 아버
지 있습니다"란 보험 광고, 그 뒤틀린 멘탈리티 위에 탄

생했다. 부모는 뒈져도 돈은 남겨야 한단다. 지랄. 부모 자격 갖고 어따 대고 협박인가. 죽는 것도 서러운데. 더구나 이 병든 패러다임에선, 자식은, 자식인 게 유세가 된다. 미친 거지. (……)

결혼은 당신이 당신 의지로 상대 인생에 적극 개입해 체결한 약조다……. 제 몫 제가 감당하는 게 어른이다……. 그렇게 입장 분명히 세운 후, 처세를 해도 해야 한다. 그거 패륜 아니다. 패륜은 자식이 유세인 줄 아는 거, 그래서 생전엔 물론 죽은 부모에게조차 유학·결혼 바라는 거, 그런 게, 진짜 패륜이다.

—김어준, 《건투를 빈다》(푸른숲) 중에서

김어준 대한민국 최초의 인터넷 매체 〈딴지일보〉의 종신 총수. CBS 〈김어준의 저공비행〉, 〈시사자키〉, SBS 〈김어준의 뉴스엔조이〉 등의 매체로 진출, 전방위 촌철살인을 난사하여 21세기 명랑사회 구현에 지대하게 공헌했다 주장하는 자칭 본능주의자.

19강

다이어트
글쓰기
글고치는 법

글을 쓰면 다이어트가 된다. 왜? 고민하느라고 칼로리를 소비하니 살찔 틈이 없다. 머리를 쓰는 프로 바둑 기사들을 봐라. 비대한 사람 없다. 우리가 섭취하는 탄수화물은 제일 먼저 뇌로 간다. 두뇌의 지적 활동을 위한 에너지가 탄수화물이기 때문이다. 그러므로 머리를 써라. 뇌 속의 에너지를 태워라. 글 쓰면서 다이어트를 해라. 그리고 글도 다이어트를 하게 해라.

글을 쓴다는 것은 수정한다는 것이다. 미국의 대법관이자 명 변호사였던 루이스 브랜다이즈Lewis Brandeis는 말했다.

"There is no such things as good writing, only good rewriting."

좋은 글쓰기란 없다. 오직 좋은 고치기만 있을 뿐이다.

　S레코드에는 각종 LP가 빼곡히 사방 벽에 도열되어 있고 내부 안쪽 깊은 곳의 주인장 쉼터에는 온갖 잡동사니들이 똬리를 틀고 나뒹굴었다.
　몇 가지 물건을 더 구입하고서 집으로 돌아오는 발걸음이 빨라진다. 무엇보다 빨리 이 음반을 듣고 싶어서였다.
　동네 어른들이 신기한 한국 여자 구경하느라 차례로 내가 있는 방안을 들여다보고 있었다. 먼저 온 사람이 보고 나가면 그 뒤로 다음 사람이 바로 들어와 보고는 자기들끼리 수군수군 대며 나간다.
　저녁시간대에 운동을 하면 적은 운동량에도 운동효과가 아주 높고 잠을 자지 못하는 사람들은 불면증에도 도움이 된다.

위 문장을 하나하나 다이어트시켜 보자.

❶ S레코드에는 각종 LP가 빼곡히 사방 벽에 도열되어 있고 내부 안쪽 깊은 곳의 주인장 쉼터에는 온갖 잡동사니들이 똬리를 틀고 나뒹굴었다.

　"S레코드에는 각종 LP가 빼곡히 사방 벽에 도열되어 있고"를 "S레코드에는 각종 LP가 사방 벽에 가득했다."로 고쳐서 한 번 끊어준다. "내부 안쪽 깊은 곳의"는 그냥 '안쪽 깊은 곳'이라 쓴다.

"주인장 쉼터에는 온갖 잡동사니들이 꽈리를 틀고 나뒹굴었다."는 "주인장 쉼터에는 잡동사니들이 나뒹굴었다."로 쓴다.

이렇게 고치면 처음 문장은 훨씬 날씬해질 것이다. 위 방법대로 글 전체를 날씬하게 만들어 보자.

❶ S레코드에는 각종 LP가 빼곡히 사방 벽에 도열되어 있고 내부 안쪽 깊은 곳의 주인장 쉼터에는 온갖 잡동사니들이 꽈리를 틀고 나뒹굴었다.

→ S레코드에는 각종 LP가 사방 벽에 가득했다. 안쪽 깊은 곳 주인장 쉼터에는 잡동사니들이 나뒹굴었다.

(15글자 줄었음. 15kg 감량 효과!)

❷ 몇 가지 물건을 더 구입하고서 집으로 돌아오는 발걸음이 빨라진다. 무엇보다 빨리 이 음반을 듣고 싶어서였다.

→ 몇 가지 물건을 더 구입하고 곧 집으로 돌아왔다. 빨리 이 음반을 듣고 싶어서였다.

(12글자 줄었음. 12kg 감량 효과!)

❸ 동네 어른들이 신기한 한국 여자 구경하느라 차례로 내가 있는 방안을 들여다보고 있었다. 먼저 온 사람이 보고 나가면 그 뒤로 다음 사람이 바로 들어와 보고는 자기들끼리 수군수군 대며 나

간다.

→ 동네 어른들이 한국 여자 구경하느라 차례로 방안을 들여다
  봤다. 먼저 온 사람이 나가면 다음 사람이 들어와 보고 저희끼
  리 수군수군 댄다.

  (22글자 줄었음. 22kg 감량 효과!)

❹ 저녁시간대에 운동을 하면 적은 운동량에도 운동효과가 아주 높
  고 잠을 자지 못하는 사람들은 불면증에도 도움이 된다.

→ 저녁시간에는 적게 운동해도 효과가 높다. 저녁 운동은 불면
  증에도 도움이 된다.

  (16글자 줄었음. 16kg 감량 효과!)

Writing Rules

글에서 군살을 빼라.
당신이 쓴 글을 짧고 간단하게 고쳐쓰며 다이어트시켜 보라.
훨씬 읽기 수월해질 것이다.

캐리는 내 친구 X와 꼭 닮았다. 얄미웠다가 불쌍했다가 공감했다가 다시 얄미워진다. 내가 저 지지배 징징대는 꼴을 다시 받아주면 인간이 아니다! 주먹을 꼭 쥐어보지만 어느새 스르르 풀어져서는 그녀의 끝없는 '빅, 빅, 빅' 타령을 고개 끄덕이며 듣고 있는 나 자신을 발견하게 되는 것이다.

사실 캐리는 내면에 수많은 문제점들을 쌓아두고 있다는 점에서 전통적인 드라마 여주인공과는 사뭇 다르다. 공주병 증세가 다분할뿐더러(캐리. 까놓고 말해서 너 그렇게 대단히 예쁘지 않거든. 내가 이 얘기까진 안 하려고 했는데, 사실 얼굴도 좀 길고.) 이기적으로 굴다가 상대방에게 상처 주기 일쑤고(솔직히 에이든한테 너무한 건 맞잖아. 수많은 여성 시청자들이 그 지점에서 얼마나 경악했다고.) 말로는 친구들이 제일 중요하다면서도 결정적 순간엔 남자 만나러 내빼버리는 만행을 저지르기도 하고(아무튼 그놈의 '빅, 빅, 빅'이 문제야.) 소득 수준에 비해 몹시 과도한 소비행태를 보이기도 한다. (여기나 거기나 칼럼니스트 원고료 빤하고 프리랜서 신세 서러운 건 피차일반일 텐데 노후 걱정 안 하니? 무릎 뼈 시린 나이 생각보다 금방 온다.)

완벽하지 않은 것은 캐리만이 아니다. 사만다와 미란다, 샬롯은 또 어떤가. 그녀들은 저마다의 크고 작은 문제들을 겹겹의 페이스트리 파이처럼 영혼 속에 숨기고 있다. 바로 그 이유로, 전 세계의 많은 여성들은 때론 탄식하며 때론 눈물 흘리며 때론 '된장녀'로 매도당하면서도 〈섹스&더 시티〉를 사랑해 마지않는다. (……)

〈섹스&더 시티〉를 관통하는 핵심 키워드는 '관계'다. 대도시 정글 속 각각 보잘것없는 낱개의 존재로 살아가는 우리는, 이 정글 안에서 얼마나 수많은 관계들을 맺고 살아가는가. (……)

각자들 제 몫의 빨래를 수습하기에 바쁜 친구 녀석들, 그래도 가야겠지, 멈출 수는 없으니, 모르는 채 흔들리며, 메슥거림을 참아내며, 캐리도, 내 친구 X와 K도, 또 나도……. 나만큼 불완전하고 불안하고 혼란스럽고 미숙한 그녀들이 옆에 있어서, 조금은 덜 외롭고 가끔은 정말 즐겁다.

—정이현,《풍선》(마음산책) 중에서

정이현 소설가. 《낭만적 사랑과 사회》,《오늘의 거짓말》,《달콤한 나의 도시》 등을 썼다. 도회적인 새침함 속에 예민한 목소리를 숨기고, 경쾌하고 쉬운 언어로 삶의 아이러니를 이야기한다.

20강
독자의
입장이 되라
글을 분명하게 쓰는 법

　'커뮤니케이션 능력이 최상의 비즈니스 경쟁력'이라는 이야기는 많이 들어봤을 것이다. 그런데 커뮤니케이션에 뛰어난 사람이 비즈니스 세계에서 인정받는 이유에 대해 고민해 본 사람은 몇이나 될까? 단지 말을 잘한다고 해서 비즈니스에서 성공할 수 있을까?

　꼭 그렇지는 않다. 하지만 커뮤니케이션에 뛰어나다는 것과 말을 잘한다는 것은 조금 다른 의미다. 커뮤니케이션을 잘한다는 것은 오히려 일을 잘한다는 이야기라고 해석할 수 있다.

　이러한 논리는 회사에서 이루어지는 업무의 90퍼센트가 커뮤니케이션이라는 사실에서 기인한다.

—윌리엄 장,《일 잘하는 사람의 커뮤니케이션》

나는 하루에도 십수 편의 글 꼭지를 읽는다. 내가 강의하는 인디라이터 반 수강생들의 숙제, 출판하려는 사람들의 원고, 출판사에서 보내온 기획서 등등.

일주일이면 서너 권의 책을 읽고, 한 달에 원고지 1,000장에 달하는 글을 쓰기도 한다. 글을 읽고 쓰는 것에 큰 어려움을 느끼지 않는다.

그런데 위의 예문을 읽고 나는 혼란스러웠다. 몇 번이고 다시 읽었지만, 글을 쓴 사람이 무슨 말을 하려는 것인지 헷갈렸다. 여러분도 다시 한 번 읽어 보기 바란다. 확실히 이해할 수 있는가?

독자는 저자의 글을 읽으면서 저자의 의식을 따라간다. 이 글에 나타난 저자의 의식과 독자의 반응은 이렇게 전개될 것이다. (앞은 저자의 의식이고 화살표 뒤는 독자의 반응이다.)

'커뮤니케이션 능력이 최상의 비즈니스 경쟁력'이라는 이야기는 많이 들어봤을 것이다.

— 많이는 몰라도 들어는 봤다.

그런데 커뮤니케이션에 뛰어난 사람이 비즈니스 세계에서 인정받는 이유에 대해 고민해 본 사람은 몇이나 될까?

— 나는 고민해 보지 않았다. 지금부터 고민해 봐야 하는 건가? 성공하려면 왠지 고민해 봐야 할 것 같은데?

단지 말을 잘한다고 해서 비즈니스에서 성공할 수 있을까?

— 반드시 그렇지는 않겠지?

꼭 그렇지는 않다.

— 그것 봐라. 꼭 그렇지는 않지.

하지만 커뮤니케이션에 뛰어나다는 것과 말을 잘한다는 것은 조금 다른 의미다.

— 아, 커뮤니케이션에 뛰어나다는 것과 말을 잘한다는 것은 다르다고? 어떻게 다른데? 그런데 말이야, 아직 당신은 위의 두 가지 질문에 대답도 안 했어. "그런데 커뮤니케이션에 뛰어난 사람이 비즈니스 세계에서 인정받는 이유에 대해 고민해 본 사람은 몇이나 될까?" 이 질문을 해놓고 구렁이 담 넘어가듯 다른 주제로 갔잖아. 고민 안 해 본 사람은 어떻게 해야 하는 거야? 그리고, "단지 말을 잘한다고 해서 비즈니스에서 성공할 수 있을까? 꼭 그렇지는 않다."라고 했으면 왜 꼭 그렇지 않은지 말해 줘야지.

커뮤니케이션을 잘한다는 것은 오히려 일을 잘한다는 이야기라고 해석할 수 있다.

— 우이쒸, '커뮤니케이션이 뛰어나다는 것과 말을 잘한다는 것은 다른 의미'라며? 의미가 어떻게 다른 건지 말해 줘야지! 된장! 어쨌든, '커뮤니케이션을 잘한다는 것이 일을 잘한다는 것'이라고? 알았어, 알

왔다고.

이러한 논리는 회사에서 이루어지는 업무의 90퍼센트가 커뮤니케이션이라는 사실에서 기인한다.

— 회사에서 이루어지는 업무의 90퍼센트가 커뮤니케이션이면… 그럼, 커뮤니케이션의 정체는 뭐니? 그것의 90퍼센트가 대화 – 말 아니니? 말 잘한다고 일 잘하는 건 아니지만 커뮤니케이션 잘하는 건 일 잘하는 거다……. 뭐 이런 이야기야? 간단한 이야기를 참 복잡하게 하는구먼……. 커뮤니케이션 책이 왜 독자랑 커뮤니케이션이 되지 않는 거니? 응? 응? 나랑 커뮤니케이션 좀 해봐.

⟨a⟩

단지 말을 잘한다고 해서 비즈니스에서 성공할 수 있을까? 꼭 그렇지는 않다. 하지만 커뮤니케이션에 뛰어나다는 것과 말을 잘한다는 것은 조금 다른 의미다. 커뮤니케이션을 잘한다는 것은 오히려 일을 잘한다는 이야기라고 해석할 수 있다.

이 문단을 이렇게 나누어서 보자.

❶ 단지 말을 잘한다고 비즈니스에서 성공할 수 있을까? 꼭 그렇지는 않다.
❷ 하지만 커뮤니케이션에 뛰어나다는 것과 말을 잘한다는 것은 조

금 다른 의미다.

❸ 커뮤니케이션을 잘한다는 것은 오히려 일을 잘한다는 이야기라고 해석할 수 있다.

❶은 '말을 잘한다고 비즈니스에서 성공하는 것은 아니다'라는 뜻이다.

❷는 '커뮤니케이션에 뛰어나다는 것과 말을 잘한다는 것은 조금 다른 의미다'라고 강조한다.

❸은 '커뮤니케이션을 잘한다는 것은 일을 잘한다는 이야기다'라고 못 박는다.

위의 예문 〈a〉를 읽어 보고 다음을 읽어 보라.

단지 말을 잘한다고 해서 비즈니스에서 성공할 수 있을까? 꼭 그렇지는 않다. 커뮤니케이션에 뛰어나다는 것과 말을 잘한다는 것은 조금 다른 의미다. 커뮤니케이션을 잘한다는 것은 일을 잘한다는 이야기라고 해석할 수 있다.

원문에서 '하지만'과 '오히려'를 뺐다. 그랬더니 훨씬 부드럽게 읽힌다. 만약 이 글을 쓴 사람이 '하지만'을 넣고 싶었다면 다음과 같이 써야 한다.

단지 말을 잘한다고 해서 비즈니스에서 성공할 수 있을까? 꼭 그렇지는 않다. 하지만 말만 잘해서 비즈니스에 성공한 사람도 많다.

두 문장을 '하지만'이라는 부정적인 뜻이 있는 단어로 연결하려면, 두 문장이 명백히 반대의 뜻을 가져야 한다. 원래의 두 문장은 명백히 반대의 의미를 내포하지 않기에 '하지만'이 들어갈 아무런 이유가 없다.

이 문장을 그대로 쓰고 싶다면 다음과 같이 "커뮤니케이션에 뛰어나다는 것"과 "말을 잘한다는 것"의 위치를 바꿔 주는 게 좋다.

단지 말을 잘한다고 해서 비즈니스에서 성공할 수 있을까? 꼭 그렇지는 않다. 말을 잘한다는 것과 커뮤니케이션에 뛰어나다는 것은 다른 의미다.

이렇게 쓰고 나니 훨씬 이해하기 쉽다. 그다음 문장은 이렇게 고쳐 보자.

단지 말을 잘한다고 해서 비즈니스에서 성공할 수 있을까? 꼭 그렇지는 않다. 말을 잘한다는 것과 커뮤니케이션에 뛰어나다는 것은 조금 다른 의미다. 일을 잘한다는 건 커뮤니케이션을 잘한다는 것이다.

문장과 문장을 이어주는 것은 접속사가 아니다. 저자가 가진 의식이다. 그 의식은 물 흐르듯 자연스럽게 이어져야 한다. 글을 써 놓고, 독자의 입장에서 의문을 제기해 보라. 그 의문에 답을 써 보라. 그런 다음 처음부터 다시 글을 이어나가 보라. 문구의 위치를 서로 바꾸어 보기도 하고, 단어를 다른 것으로 교체해 보기도 하면서. 처음보다 훨씬 부드러운 문장이 된다.

내가 커뮤니케이션에 대해서 쓴다면 다음과 같이 쓰겠다.

'커뮤니케이션 능력이 최상의 경쟁력'이라는 이야기는 많이 들어 봤을 것이다. 커뮤니케이션 능력이란 무엇일까? 말을 잘하는 것일까? 말을 잘한다는 것과 커뮤니케이션 능력이 좋다는 것은 조금 다르다.
단지 말을 잘한다고 해서 성공할 수 있는 것은 아니다. 커뮤니케이션을 잘해야 성공한다. 회사에서 이루어지는 업무의 90퍼센트가 커뮤니케이션이기 때문이다.

원문과 비교해 보라. 어떤 글이 글쓴이의 의도를 더 정확히 전달하고 있는가.

알베르 카뮈Albert Camus는 말했다. "분명하게 글을 쓰는 사람에게는 독자가 모이지만, 모호하게 글을 쓰는 사람에게는 비평가만 몰려들 뿐

이다." 글을 쓸 때 자신만 알고 있는 말을 쓰지 마라. 독자가 이해할 수
있는 말을 써라.

독자의 입장에서 의문을 제기하라.
질문을 던져놓고 대답하지 않는다거나 간단한 이야기를
복잡하게 하지 않도록 주의하라.

옛날에 서당에서 공부하던 방법은 참으로 우직하기 짝이 없었습니다. 무슨 뜻인지 모르면서도 무조건 암기하는 식이었다고 합니다. 서당에서 전승되고 있는 이야기가 있습니다. '미록지대자야' 麋鹿之大者也가 그 한 예입니다. 미麋는 '큰사슴 미' 자거든요. 당연히 麋, 鹿之, 大者也라고 띄어 읽어야 맞지요. 그런데 아침에 책방 도령의 글 읽는 소리를 듣자니 미록, 지대, 자야로 읽더라는 겁니다. 저녁에 집에 돌아와서 책방 도령의 읽는 소리를 들으니 그제야 미, 록지, 대자야로 바르게 끊어서 읽더라는 것이지요. 스스로 깨치는 방식이었다고 할 수 있습니다. 하루 종일 걸려서 그제야 깨닫는 그런 비능률적인 방법이었음에도 불구하고 그 성과는 놀라울 정도였습니다. (……)

과학적 방법이나 첩경에 연연하지 않고 그저 우직하게 암기하는 것이 오히려 가장 확실한 성과를 이루는 것이기도 하지요. 나는 여러분이 마음에 드는 고전 구문을 선택해서 암기하는 것에서부터 시작하라고 권하고 싶습니다. (……)

우리가 중학교에 입학하고 처음 받은 영어 교과서는 I am a boy. you are a girl.로 시작되거나 심지어는 I am a

dog. I bark.로 시작되는 교과서도 있었지요. 저의 할아버님께서는 누님들의 영어 교과서를 가져 오라고 해서 그 뜻을 물어보시고는 길게 탄식하셨지요. 천지현황 天地玄黃. 하늘은 검고 땅은 누르다는 천지와 우주의 원리를 천명하는 교과서와는 그 정신세계에 있어서 엄청난 차이를 보이고 있었기 때문이었을 것입니다. 천지현황과 "나는 개입니다. 나는 짖습니다."의 차이는 큽니다.

좋아하는 사람이 생기면 그를 자주 바라보게 되듯이 좋은 문장을 발견하기만 하면 어학은 자연히 습득되리라고 봅니다. 마음에 드는 문장을 만나는 것이 중요합니다. 그리고 암기하는 것이지요.

—신영복,《강의》(돌베개) 중에서

신영복 우리 시대 최고의 실천가이자 문장가 중 한 사람. 1968년 통일혁명당 사건으로 구속되어 20년 동안 감옥살이를 했다. 이때 쓴 글을 모아 낸《감옥으로부터의 사색》이란 책이 있다. 많은 이들이 그의 책 구석구석을 읽고 베끼고 암기했다.

독자의 이해를 구하지 마라

여지를 남기는 글

21강

앞장에서 나는 '독자의 입장에서 의문을 제기하라'라고 썼다. 그 앞부분에는 '독자를 위해 써라'라고 강조했다. 그런데 이제 와서 '독자의 이해를 구하지 말라'니, 무슨 소리인가? 다음을 보자.

사람들이 많은 길거리에서 한 젊은이가 기타를 치고 있었다. 누군가 길을 가다 젊은이의 기타 치는 모습을 지켜봤다. "와, 정말 기타 잘 치네." 옆에서 이 말을 들은 한 노인이 말했다. "저 녀석이 고생을 좀 해봐야 소리가 제대로 날 텐데…… 너무 어려움 없이 자랐어." 노인은 젊은이의 기타 선생이었다.

3년 뒤, 젊은이는 다시 그 거리에 나타나 기타를 연주했다. 몇몇

194

사람들은 그를 알아봤다. "기타 솜씨가 훨씬 좋아졌네…… 어떻게 된 거지?" 노인이 그들을 돌아보며 말했다.

"결혼하고 애를 둘이나 낳았으니…… 좋아질 수밖에."

그렇다. 우리는 고난을 통해 성장한다. 고난은 우리의 삶을 망치는 것 같지만, 시간이 지나면 오히려 우리 삶을 영롱하게 빛나게 해주는 것이다.

위의 글을 보라. 뒤의 두 줄 '그렇다. 우리는 고난을 통해…… 빛나게 해주는 것이다'는 사족이다. 이 줄을 빼고 읽어 보라. 훨씬 깔끔하다. 뒤의 덧붙인 글은 독자에 대한 과잉친절이다. '이렇게만 쓰면 독자들이 이해하지 못할 거야……'라는 생각은 버려라. 독자의 이해를 구하지 말고, 글을 끊어라. 여백과 절제가 있는 곳에서 독자들은 멈춘다. 더 깊이 사색한다. 독자들이 모두 다 이해할 수 있도록 글을 쓰는 것은, 밥 대신 죽만 먹이는 것과 같다. 죽만 먹으면 위와 장은 오히려 약해진다. 밥도 먹고, 고기도 먹고, 야채도 먹어야 위장이 튼튼해진다.

너무 자세하게 설명하면, 독자가 숙고할 기회를 빼앗는 셈이 된다. 가끔은 '이게 뭐지?' 하며 고개를 갸우뚱거리게 하여라.

다음을 보자.

끝이 뾰족한 가시는 천대 받습니다. 움직일 수 없는 가시는 가만히 있었을 것이고, 분명 사람이 움직이다 찔렸을 것입니다. 사람들은 가시 탓을 합니다. 찔릴 것을 두려워하는 마음은 가시를 닮기만 해도 멀리합니다. 어떤 꽃은 뾰족한 끝을 가졌지만, 우리를 미소 짓게 합니다. 밤하늘의 별도 뾰족한 끝을 가졌지만, 우리를 따뜻하게 합니다.

사람 사는 모습도 가시를 멀리하는 마음과 크게 다르지 않습니다. 노숙자를 보면 '오죽 할 게 없으면 저러고 있을까'라며 무시하고, 불쌍한 사람을 만나면 '행여나 자신에게 피해가 오면 어쩌나?' 하는 마음으로 피합니다. 지하철에서 물건을 파는 아저씨, 공중화장실을 청소하고 계신 아주머니, 파지를 줍고 있는 할머니……. 모두 열심히 사는 분들이지만, 사람들의 눈에는 그저 가시로 보이나 봅니다. 누구 하나 안아주려는 사람이 없습니다. 못 배운 것, 못 가진 것이 죄가 되는 세상입니다.

하지만 끝이 뾰족하다 하여 모두 가시는 아닙니다. 당신의 눈에는 그저 불쌍하고 더러운 노숙자일지라도, 누군가의 소중한 자식입니다. 지하철에서 물건을 팔고 있는 아저씨 또한 누군가에게는 든든한 울타리입니다. 아무리 추한 사람일지라도, 누군가에게는 둘도 없이 소중한 존재입니다. 부디 이 사실을 잊지 마세요. 우리도 한순간에 노숙자가 될 수 있고 파지 줍는 노인이 될 수 있으니까요. 가시도 필요한 존재입니다. 줄기가 변해서 된 것이 가시니까요. 가시가 없다면 식물은 너무 많은 위협에 노출됩니다. 가시 같은 존재도 소중하다는 사실을 부디 염두에 두시길 바랍니다.

위 글에서는 '부디 이 사실을~' 이하의 문장들은 모두 빼도 된다.

너무 친절하게 강조하고 있다. 사족이다. 글을 그저 독자들에게 '툭' 던져라. 벌레 먹은 사과처럼. 씻지 않은 자두처럼. 흐르는 물에 세 번 씻고, 껍질까지 까서 건넬 수도 있지만, 천연 유기농에 더 많은 영양이 들어 있는 법이다.

너무 친절하게 설명하지 마라.
독자가 숙고할 기회를 빼앗지 마라. 가끔은 '이게 뭐지?' 하며
고개를 갸우뚱거릴 정도의 여지를 남겨두는 게 좋다.

문득 언젠가 읽은 미국의 골프영웅 할 서튼 생각이 났다. PGA 골프 우승자이며 라이더스 컵 우승자인 그의 인터뷰 말이다. 미국 남부 석유재벌 집의 아들로 태어나 남부러울 것 없이 자라나 약관 25세에 전 미국의 골프대회를 휩쓸고 난 후 10년간 세 번의 이혼을 하고 극심한 슬럼프에 빠졌다가 재기한 그는 말한 적이 있다.

"인생에서 제가 깨달은 한 가지 사실은, 삶이란 무엇인가를 깨닫기 전에 우리는 35세를 넘어버린다는 겁니다. 처음에 나는 빠른 차가 있으면 행복할 거라고 생각했습니다. 그래서 포르셰를 샀죠. 그다음엔 집이 있었으면 했습니다. 그래서 집을 샀죠. 그런데 그다음에 비행기가 한 대 있으면 행복할 수 있겠다 생각했습니다. 그래서 비행기를 한 대 샀지요. 그러고 난 다음에 나는 깨달은 것입니다. 행복은 결코 돈을 주고 살 수는 없다는 것을……."

생각해 보면 나 역시 비슷한 생각을 한 적이 있었다. 처음엔 소설가가 된다면 행복해질 거라고 생각했다. 그래서 나는 소설가가 되었다. 그다음엔 유명해지면 행복할 거라고 생각했다. 우연히 운이 좋아 나는 유명해졌다. 그다음엔 당연히 돈 걱정이 없어지면 행복할 거라고 생각

했다. (⋯⋯) 94년 여름 내가 낸 세 권의 책이 베스트셀러
에 올랐다. 그러니 돈도 생겼다. (⋯⋯) 그토록 사람이 그
리웠던 나와 연결하고자 전화벨은 끝없이 울려댔다. 하
지만, 사실을 말하자면 나는 전혀 행복하지 않았다. 우울
증에 걸린 내 영혼은 시도 때도 없이 육체에 비상벨을 울
려댔고, 니는 배고프지도 않은데 낮이고 밤이고 먹어대
며 사람들을 두려워하기 시작했다. (⋯⋯)

내가 좋은 사람이 되기 전에, 내가 스스로 행복해지기
전에, 누구도 나를 행복하게 만들어 줄 수 없다는 것, 놀
랍게도 행복에도 자격이란 게 있어서 내가 그 자격에 모
자라도 한참 모자란 사람이란 것을 알게 되었을 때, 나도
할 서른처럼 30대 중반을 넘기고 있었고 돌이키기 힘든
아픈 우두 자국을 내 삶에 스스로 찍어버린 뒤였다. 그
쉬운 깨달음 하나 얻기 위해 청춘과 상처를 지불해야 했
던 것이다.

—공지영, 《수도원 기행》(김영사) 중에서

＊ 위의 글에 대한 나의 생각은? 일단 나한테 포르셰랑 자가용 비행기랑 멋
진 집 한 번 줘 봐. 그러고 나서 생각해볼게.

공지영 우리 시대 최고의 작가 중 한 사람. 《무소의 뿔처럼 혼자서 가라》, 《봉순이 언니》, 《도가니》,
《네가 어떤 삶을 살든 나는 너를 응원할 것이다》 등 베스트셀러를 많이 썼다.

22강

글은이어진
사슬이다
긴장감 있는 글

(앞부분 생략) 카페에서 아르바이트를 하면서 가장 기억에 남는 일이 있다. 내 생일날, 김찬우는 쑥스러워하며 웃었다. 그리고 나에게 봉투를 내밀었다.

"그런데 니가 내 선물 보면 화낼지도 모르겠다 아이가."

"왜요? 욕이라도 써 놓으셨어요?"

"화내지 말그라. 내는 쪽팔려서 꽃도 못 주는 사람 아이가. 화내지 말고…… 화내지 말아라."

나는 집으로 가는 택시 안에서 그 선물을 확인했다. 봉투 안에 들어 있는 건 십만 원짜리 수표 한 장과 오만 원짜리 한 장이었다. 꽃값으로는 너무 과한 돈이다. 그가 생각한 꽃은 대체 어떤 꽃이기에…….

십오만 원이면 화환도 살 돈이다. 하필이면 십오만 원인 그의 선물 가격 책정 기준도 궁금했지만, 왜 그가 나에게 이런 선물을 느닷없이 주게 되었는지 그 이유도 알 수 없었다. 나를 보면 좋았기 때문에 뭔가 선물을 주고 싶었다는 건 인정할 수 있다. 그런데 선물을 사지 않고 돈으로 준 것은…….

남자에게 선물 받는 것에 익숙한 여자라면 이런 선물을 받았을 때 어떻게 대처했을까. 적지 않은 연애 경험을 한 나도 남자 친구에게 선물을 받아본 적이 몇 번 없다. 직장 다니는 남자친구를 한 번도 사귄 적이 없어서다.

사랑도 받아본 사람이 줄 줄 알고, 선물도 받아본 사람이 고마워할 줄 아는 법이다. 받아 본 적이 없는 사람은 누군가가 잘해주면 "얘가 나한테 원하는 것이 있나?"라는 생각부터 하게 된다. 그래서 나는 주지도 받지도 않고 철저히 더치페이를 고집한다. 뭐 굳이 주겠다면 받을 때도 있지만, 상대방이 호의를 베풀 때는 분명 원하는 게 있기 마련이다.

남녀 관계에 있어 무심의 경지에 올라 있는 지금, 나는 김찬우를 조금 관대하게 바라보게 되었다. 그동안 보아왔던 김찬우의 모습으로 판단하기에는 그가 나에게 돈을 준 것이 단순히 나를 사고 싶다는 음흉한 마음의 표현이라고 생각되지 않았다. 사람을 잘 볼 줄 모르는 나이지만, 적어도 그가 악한 사람으로 보이진 않는다.

그러나 그도 엄연한 남자다. 또 나는 그를 잘 모른다. 봉투도 일방적으로 받았다.

그의 성의라고 생각하고 그냥 고맙게 받으면 될 것인가. 아니면 이런 건 받을 수 없다고 단호히 말하고 돌려줘야 하는가.

나는 김찬우의 행동을 최대한 순수하게 보고 싶고, 단지 그는 어떻게 해야 할지 몰랐기 때문에 이런 선택을 하게 됐다고 생각하고 싶다. 그리고 가능하면 그가 상처를 받지 않았으면 좋겠다. 내가 너무 단호하게 거절을 해서 김찬우가 다시는 내가 일하는 카페에 발을 들이지 않으나 하는 일이 생기지 않았으면 한다. 그렇지만, 내가 이걸 받아버리면 김찬우가 그것을 어떤 긍정의 표시로 생각하지 않을까 걱정도 된다. 결국, 어떠한 결론도 내릴 수 없어 나는 좀 더 생각해 보기로 했다.

이 글을 쓴 이는 카페에서 아르바이트를 한다. 글쓴이는 손님 중의 한 사람인 김찬우를 만나 친해진다. 글쓴이의 생일날, 김찬우는 선물이라며 돈 봉투를 내민다. 봉투 안에는 15만 원이 들어 있었다.

이 글을 찬찬히 읽어 보라. 뭔가 2퍼센트 부족하지 않은가? 이 글의 앞부분에는 글쓴이와 김찬우가 친해지는 과정이 묘사되어 있다. 이 글 뒤에는 전혀 다른 이야기가 전개된다. 김찬우 이야기는 이 대목에서 끝난다. 그렇다면, 과연 김찬우는 왜 글쓴이에게 15만 원을 줬을까? 글쓴이는 이 미스터리에 대해 아무런 대답이 없다. 이 글을 쓴 여성에게 물었다.

— 이 글은 당신의 경험을 바탕으로 쓴 것인가?

"경험을 바탕으로 쓴 것이 아니고, 경험한 것 그대로 쓴 것이다."

— 그는 당신에게 왜 15만 원을 줬는가?

"나도 모르겠다."

— 모르겠으니, 모르겠다고 썼다?

"그렇다. 아는 건 안다고 쓰고 모르는 건 모른다고 써야 한다고 배웠다. 당신한테."

— (끙. 착한 학생이다.) 김찬우가 당신 글에 또 나올 것인가?

"어느 날부터 카페에 나오지 않는다. 그러니 글에서도 아웃이지."

잘났다. 과연 독자들도 그렇게 생각할까? 이 글을 읽으면서, 독자들은 '왜 김찬우가 주인공에게 15만 원을 줬을까?' 하는 생각을 하게 된다. 10만 원도 아니고, 20만 원도 아닌 15만 원을, 왜 줬을까? 알아서 꽃다발을 사라고? 진정 그것인가? 꽃을 선물하는 것이 정말 부끄러웠던 것일까? 정녕 그랬을까? 주인공은 그럼 그 돈으로 꽃을 샀을까?

나는 왜 사악한 생각이 드는 걸까? 혹 김찬우가 주인공에게 미리 화대(花代=꽃 값=해웃돈)로 준 건 아닐까? 그렇다면, 주인공은 언젠가 김찬우에게 겁탈당하는 것인가? 김찬우가 우악스럽게 주인공의 블라우스를 벗길 때, 나약한 우리의 히로인은 "도대체 왜 이래요? 소리 지를 거예요!"라고 외칠 것인가? 그때 김찬우는 누런 이를 드러내며 조용히 윽박지르겠지. "이거 왜 이래? 화대도 미리 줬잖아." "화대……라뇨?" "15만 원!"

글은 이어진 사슬이다
205

이런 생각은 너무 삼류스러운가? 삼류스럽든, 사류스럽든, 작가는 앞에서 내뱉은 말에 대해 책임을 져야 한다. 앞에서 던진 쓰레기는 주워서 쓰레기통에 넣어야 한다. 앞에서 꼬아놓은 매듭은 뒤쪽 어디에선가 풀어 주어야 한다. 앞에서 낸 수수께끼는 반드시 풀어주어야 한다. 뒤에서 풀 자신이 없으면 수수께끼는 처음부터 내질 말아야 한다. 안톤 체호프의 저 유명한 명제도 있지 않은가? "만일 1막에서 관객에게 총을 선보인다면 3막에서는 꼭 발사해야 한다."

미국의 작가 로널드 토비아스Ronald Tobias는 그의 저서 《인간의 마음을 사로잡는 스무 가지 플롯20 master plots》에서 이렇게 말했다.

"플롯은 작가의 나침반이다. 작가는 작품을 끌고 가려는 방향에 대해 분명한 생각을 해야 한다. 플롯의 진행 방향과 무관한 내용을 쓰고 있다면 의심을 해봐야 한다. 허구의 작품은 일상생활보다 훨씬 더 경제 원칙에 충실해야 한다. 인생에는 아무것이나 다 허용되지만, 작품에는 항상 선택이 필요하다. 작품의 모든 것은 작가의 의도와 연관이 있어야 한다. 그 나머지는 아무리 잘 쓴 대목이라고 하더라도 잘라내야 한다."

실제 현실과 글쓰기 현실은 다르다. 시인과 소설가들은 뒤의 현실을 문학적 현실이라고 말한다. 문학적 현실은 늘, 독자를 긴장시키는 현실이어야 한다. 이 현실에 팽배한 긴장은 작가만이 풀 수 있는 긴장이다. 뒤에 등장할 해결을 감당할 수 없다면, 앞에 제시되는 복선도 만들지 말아야 한다.

위의 글을 쓴 이가 실제로 김찬우를 만났든 만나지 않았든, 실제로 김찬우에게 15만 원을 받았든 받지 않았든 아무 상관없다. 그 15만 원으로 떡을 사먹었든, 뻥을 쳤든 아무 상관없다. 글쓰기 현실 속에서는 15만 원에 대한 해명이 있어야 한다.

누군가는 말할 것이다. "우리가 쓰는 글이 소설이 아니지 않느냐?" 소설이 아니어도, 소설처럼 써야 한다. 우리가 쓰는 글이 그저 혼자 읽고 말 것이 아니기에 그렇다. 소설이 아닌 에세이를 쓰더라도, 재미있든가 슬프든가 웃기게 하여야 하기에 그렇다. 그게 아니라면 우리는 글을 쓸 이유가 없다. 재미도 없고, 슬프지도 않고, 웃기지도 않은 글을 왜 읽어야 하난 말이다.

글은 이어진 사슬과 같다. 천 개의 고리로 된 사슬이 있다 치자. 천 개의 고리 중 한 개라도 끊어진다면 사슬 전체를 못 쓴다.

하나의 산문은 천 개의 고리다. 천 개의 고리 중 하나가 허술하면 전체가 무너진다. 하나의 꼭지는 단단히 이어져 있어야 한다. 하나의 문단, 그리고 하나의 문장 역시 단단히 이어져 있어야 한다.

Writing Rules

수수께끼를 냈으면 반드시 풀어라.
만일 1막에서 관객에게 총을 선보인다면 3막에서는
꼭 발사해야 한다는 말도 있지 않은가.

잘 만들어진 음악의 다수는, 듣는 이와 만드는 이 사이의 왜곡을 매개로 한다. 자연음은 '음향'은 될 수 있어도 '음악'은 될 수 없다. 연주자와 청자 사이의 규약된 질서가 필요하다는 뜻이다. 산야에서 불어오는 바람 소리 한 줌이 '좋은 음악'이 될 수 있는 반면, 음반에 담긴 바람 소리만으로는 '음악'이 될 수 없는 것과 비슷한 이치다.

왜곡이라는 굴절을 통해 질서를 만들어내는 것은 글쓰기에서도 비슷하다. 보르헤스의 《알레프》처럼 모든 시간, 모든 공간, 모든 사건을 한꺼번에 보여줄 수 있는 설득 매체는 세상에 존재하지 않는다. 나는 투명함이 문학의 미덕이라고 생각해본 적이 없다. 정교하게 세공된 왜곡을 나는 그의 미덕이라고 생각한다. 복수 교차되는 여러 기준 가치들은 세상을 아주 해독하기 어려운 실뭉치로 만들어버리곤 하지만, 해독 불가 문제지의 답변 항목에 가장 좋은 해답을 써넣을 수 있는 수험자는 해독 불가 그 자체를 답변으로 받아들이는 자, 문제를 다시 문제화하는 자뿐인 것이다.

옥타비오 파스는 "시를 번역하는 일은 불가능하다. 진정한 번역은 재창조에 다름 아니다."라고 말했고, 폴 발

레리는 "번역 시를 읽는 것은 베일을 쓴 여자와 키스하는 것과 같다."라고 말했다. 어느 쪽이 옳다고 단정할 수는 없지만, 내겐 베일을 쓴 여자와 키스하는 쪽이 재창조된 여자와 얘기 나누는 것보다는 즐거울 것이라는 느낌이다.

—소년호, 《행복한 난청》(랜덤하우스코리아) 중에서

조연호 시인. 기타와 인도 악기 시타르를 연주하며 소요하고 있다. 긴 머리를 휘날리며 음악을 들려줄 때는, 정말 인도에서 온 구루 같은 느낌이 든다.

글을 쓰려면 탄탄한 플롯을 짜야한다

글의 서장과 중간과 끝

'좋은 글이란 어떤 것인가?'에 대한 역사상 최고의 규정은 2,400년 전 아리스토텔레스가 이미 선점했다. 그는 《시학》에서 이렇게 말했다. "초보 작가는 이야기의 구성보다 대사나 성격 묘사에 더 능하다. 오레스테스는 이야기가 원하는 것이 아닌, 시인이 말하고 싶은 것을 말한다." (오레스테스는 아가멤논의 아들. 여기서는 오레스테스 이야기를 부정적 플롯의 예로 들었다.)

미국의 시나리오 작가 마이클 티어노Michael Tierno는 그의 책 《스토리텔링의 비밀Aristotle's Poetics for Screenwriters》에서 아리스토텔레스의 말을 이렇게 해석한다.

"이야기가 원하는 것을 말해야 한다. 이것이 아리스토텔레스가 이야기하고자 하는 요체다. 그는 플롯을 짜는 능력 또는 강력한 이야기 구조를 만들어내는 능력을 글쓰기에서 가장 중요한 요소라고 봤다. 훌륭한 작가는 이야기를 위해 일하고, 시원찮은 작가는 자신의 생각을 말하기 위해 일한다.

플롯을 잘 짜거나 강력한 이야기 구조를 만들어내는 것은 사소한 재능이 아니라, 성숙한 작가만이 갖고 있는 능력이다."

아리스토텔레스는 또 이렇게 말했다.

"이야기 전체는 시작과 중간과 결말을 갖고 있다. 시작은 그 자체로 어떤 것 다음에 있는 것이 아니고, 그것 다음에 다른 어떤 것이 있으며, 결말은 필연적으로 또는 잇따라 일어나는 일로서 그 자체가 어떤 것 다음에 이어지는 것이며, 그것 다음에는 아무것도 존재하지 않는 것을 말한다. 그리고 중간은 그 자체로 어떤 것 다음에 있으면서 그것 다음에 다른 어떤 것이 존재하는 것이다. 그러므로 플롯을 잘 구축하려면 아무 데서나 시작하거나 끝내서는 안 된다.

모든 극적인 이야기는 갈등과 해결을 갖고 있다. 이야기의 시작부터 주인공의 운명이 바뀌는 지점까지를 갈등이라 하고, 주인공의 운명이 바뀐 이후부터 결말까지를 해결이라고 한다."

이야기는 시작과 중간과 결말을 갖고 있다……고 아리스토텔레스 선생께서 말씀하셨다. 그럼 시작과 중간과 결말은 뭐냐? "시작은 그 자체로 어떤 것 다음에 있는 것이 아니고, 그것 다음에 다른 어떤 것이 있는 것이며, 결말은 필연적으로 또는 잇따라 일어나는 일로서 그 자체가 어떤 것 다음에 이어지는 것이며, 그것 다음에는 아무것도 존재하지 않는 것을 말한다. 그리고 중간은 그 자체로 어떤 것 다음에 있으면서 그것 다음에 다른 어떤 것이 존재하는 것이다"라고 말씀하셨다. 시작은 시작이고, 중간은 중간이며, 결말은 결말이라는 단순 화끈한 일갈이시다. 외워라. (산은 산이고 물은 물이다.) 그분께서는 또 말씀하셨다.

"호메로스는 《오디세이》를 쓸 때 주인공에게 일어난 모든 일을 쓰지 않았다. 예를 들면 파르나소스 산에서 부상당한 일이나 전쟁터로 나아가라는 명령을 들었을 때 미친 척한 일 같은 것 등. 왜냐하면, 이 두 사건은 서로 개연적인 혹은 필연적인 인과관계가 없기 때문이다."

바로 이것이다. 시작-중간-결말이 매끄럽게 이어지려면, 앞의 사건과 뒤의 사건이 서로 '개연적인(probable)' 또는 '필연적인(necessary)' 인과 관계로 연결돼야 한다. 일어날 법한 일이나 반드시 일어나야 하는 사건으로 연결될 수 없는 일들은 있어선 안 된다. 뒤에서 받쳐 줄 단어가 없다면 앞의 단어도 없는 것이다. 스파이크를 때리려면 토스를 해주어야 한다. 슛을 넣으려면 패스를 해주어야 한다. 물고기를 잡으려면 밑밥을 뿌려야 한다.

우리는? 밑밥도 뿌리지 않고 낚싯대만 드리운다. 단 한 번 패스로 골을 넣으려 한다. 리시브도 하지 않고 네트 위로 점프한다.

그러므로 글을 쓰려면 탄탄한 플롯을 짜야 한다. 탄탄한 플롯이란, 더하고 뺄 것이 없는 글이다. 더하고 빼기는 글의 수정 – 퇴고를 말한다. 많은 사람이 글을 쓰고 나면 다시 보지 않는다. (자기가 쓴 글을 다시 보기 싫어서 그러는 건 이해하지만, 그 글을 읽는 다른 사람은 어쩌라고?)

수정 – 퇴고를 거치지 않으면 절대로 좋은 글이 될 수 없다. 어떤 단어를 취하고 어떤 단어를 버릴 것인가? 어떤 문장을 길게 하고 어떤 문장을 줄일 것인가? 어떤 이야기를 먼저 하고 어떤 이야기를 뒤에 할 것인가? 붓 가는 대로, 손가락 움직이는 대로 쓰기 전에 플롯을 짜고 '시작 – 중간 – 결말'을 생각하라.

처음부터 '역사에 남을 명문장을 쓰겠다'는 생각은 하지 마라. 한 번 쓴 다음 다시 써 보라. 고쳐 보라. 바꿔 보라. 줄이고 줄이고 또 줄여 보라. 어느새 처음의 글은 간결하고 멋진 글로 바뀌게 된다.

다음을 첫 문장으로 삼아 글을 써 보라.

'생각하면 생각할수록 짜증이 난다.' (결말은 해피엔딩으로.)

Writing Rules

글에는 시작과 중간과 끝이 있어야 한다.
붓 가는 대로, 손가락 움직이는 대로 쓰기 전에 플롯을 짜고
'시작 – 중간 – 결말'을 생각하라.

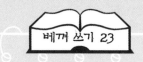

옛것의 연구를 통해 새로운 지식을 발견한다는 온고지신의 정신은 학문의 상식이다. 실제로 역사를 살펴보면 그 점을 실감케 하는 사례를 많이 찾을 수 있다. 15세기 이탈리아의 르네상스는 2천 년 전의 그리스 고전 문화를 새로이 발견하고 해석함으로써 학문과 예술의 부흥을 일으킨 운동이었다. 18세기 조선의 실학자 정약용이 주장한 정전법井田法은 4천 년 전 중국 주나라 시대의 토지제도에 그 기원을 두고 있다.

그뿐인가? 데카르트가 근대 철학의 토대를 만들지 않았다면 어떻게 칸트와 헤겔이 있겠으며, 고전주의 음악의 엄정한 형식미가 아니었다면 어떻게 낭만주의 음악의 자유로운 표현이 생겨날 수 있었겠는가? 이처럼 정치, 사회, 학문, 예술 등 모든 면에서 '옛것'은 언제나 '새것'을 창안하는 데 결정적으로 기여한다.

그런데 미국의 과학사가인 토머스 쿤은 오히려 옛것을 완전히 버려야만 새것이 태어날 수 있다고 주장한다. 그에 따르면, 과학이 발전해온 역사는 옛것에서 새것을 차근차근 배우는 과정이 아니라 옛것을 새것으로 완전히 대체하는 과정이다. 달리 표현하면 이 과정은 연속이 아

니라 단절이고, 연장이 아니라 비약이며, 진화가 아니라 혁명이다. 이 과정을 설명하기 위해 쿤은 언어학에서 패러다임이라는 용어를 차용한다. 패러다임은 이를테면 기본형 또는 표준형이다. 쿤은 패러다임이 바뀌는 것을 과학혁명이라고 지칭한다. (……)

과학혁명은 패러다임이 바뀌는 과정이다. 그 과정을 진화나 발전처럼 연속적인 용어가 아닌 '혁명'이라는 말로 부르는 이유는 과거의 패러다임에서 발견되고 해석된 이론들이 새 패러다임에서는 근본적으로 변화되기 때문이다.

—남경태, 《개념어 사전》(들녘) 중에서

남경태 번역가, 저술가, 1년에 10권의 책을 번역하는 놀라운 정력(!)의 소유자. 《종횡무진 한국사》, 《한눈에 읽는 현대철학》 등을 썼고, 《엘리자베스 1세》, 《페다고지》, 《명화의 비밀》 등을 번역했다.

흥미롭게 시작해야
독자를 유혹할 수 있다
도입부 쓰는 법

《글쓰기 생각쓰기On Writing Well》를 쓴 미국의 작가이자 저널리즘 교수인 윌리엄 진서William Zinsser는 글의 앞부분은 이렇게 써야 한다고 말한다.

"도입부는 바로 독자를 붙잡아 계속 읽게 하여야 한다. 참신함, 진기함, 역설, 유머, 놀라움, 비범한 아이디어, 흥미로운 사실, 질문으로 독자를 유혹해야 한다. 독자의 옆구리를 찌르고 소매를 끌어당기는 것이라면 무엇이든 좋다."

이영미는 '서울을 노래한 대중가요' 이야기를 모은 《광화문 연가》 첫 구절을 이렇게 시작한다.

"어디에서 출발할까?"

완벽한 첫 문장이다.

정지원의 《내 영혼의 그림여행》 첫 문장은 다음과 같다.

"노래가 사랑하는 사람들을 위한 축제라면, 그림은 축제를 추억하며 저문 광장을 떠올리는 선한 사람들의 눈동자가 아닐까?"

카피라이터 조한웅의 카페 창업기 《낭만적 밥벌이》 도입부엔 이런 구절이 있다.

"햇살이 눈부시게 아름다운 토요일이었다.

순댓국?

응.

남자 둘이 주말에 만나 카르보나라를 먹을지, 돌솥 비빔밥을 먹을지, 티격태격하기에는 너무 아름다운 날이었다."

"나는 평생을 한 가지만 생각하며 살았습니다. 평화로운 세상, 전쟁과 다툼 없이 온 세계가 사랑을 나누며 사는 그런 세상을 만들고 싶었습니다."

위 문장은 다음 네 사람 중 한 사람이 쓴 책의 첫 부분이다. 다음 중 누가 쓴 것일까?

❶ 예수 ❷ 마틴 루터 킹 ❸ 김대중 ❹ 문선명

정답은 ❹번.《평화를 사랑하는 세계인으로》의 첫 구절이다. 책 제목과 완벽하게 들어맞지 않는가?

영화감독 류승완은 《류승완의 본색》을 이렇게 시작한다.

"처음엔 그냥…… 지나쳐 가는 일인 줄 알았다. 여기저기 쑤셔나 보고는 '아니면 말고' 하는 CF 출연 제안처럼 말이다. 세상 참 좋아졌다. 글쎄, 나보고 책 하나 내보잔다. '마음산책'이 산책길을 잘못 들어선 거겠지 했는데, 만나 보니 새로운 산책길을 뚫을 기세다. '어린 나이에 감독 소리 듣고 사는 법', '전날 밤 아이 셋과 뒹굴고도 촬영 현장에 늦지 않는 법', '잘 키운 동생 하나 브래드 피트도 안 부럽다!' 뭐 이런 거 기획하나?"

류승완의 책은 마음산책 출판사에서 나왔다. 그리고 혹시 모르는 사람이 있어서 하는 말인데, 류승완의 동생은 영화배우 류승범이다.

"여자들이 하이힐을 신는 이유에 대한 재미있는 해석이 있다. 하이힐은 아래를 굽어보고 싶어하는 여자의 허영심을 채우기 위해 만들어졌다는 것!

여기에는 기막힌 보충설명이 있다. 여자들이 굽어보고 싶은 것은 자신을 선망하는 남자들의 '갈구의 눈빛'이라는 것이다. 하이힐을 신었건 슬리퍼를 신었건 남자의 시선을 즐기는 것은 여자라는 동물의 본성이다. 그리고 자신을 향한 눈빛이 강렬할수록, 눈빛에 진심이 가득할수록 묘한 흥분과 함께 본성은 아찔하게 충족된다."

안은영의 베스트셀러 《여자생활백서》의 첫 구절이다. 이 꼭지의 제목은? '절대 남자 보는 눈을 낮추지 말라!'

시작은 튀게 하라.
내 글에 독자를 계속 붙잡아 두고 싶다면 도입부는 튀게 써야 한다.
흥미로운 사실이나 질문으로 독자를 유혹하라.

흥미롭게 시작해야 독자를 유혹할 수 있다

토스카나의 이방인

아코디언 연주가 들리는 아르노 강을 거슬러 버드나무로 뒤덮인 둑으로 가 물속에 몸을 담급니다. 빼놓은 반지에 달이 옮겨 들어갑니다. 오늘은 토스카나 지방에서 구할 수 있는 가장 단단한 밤나무로 하루 종일 당신을 깎았습니다. 성벽과 강으로 둘러싸인 난원형의 도시가 빽빽한 달빛으로 빛날 때까지. 강모래로 대리석을 닦은, 흰빛으로 빛나는 세례당과 대성당의 탑이며 금빛으로 빛나는 시청의 탑도 나쁘진 않지만, 당신의 몸은 내게 달린 아름다운 뿔입니다. 내 것 중에서 가장 좋은 부분입니다. 이런 고백은 마음의 급한 데가 심해서 세상을 건너기 위해선 더 야위어야만 할까요. 사랑을 줄여가야만 하나요. 당신 전에 한 번이라도 뭔가 아낌없이 주었던 세례가 기억나지 않는데, 물가에 놓인 내몸 끝에 한 알 한 알 그대로 당신은 달립니다. 강한 사랑 없는 마음의 일은 이제 나도 못하겠습니다. 밤 도록 졸졸졸 물소리가 자꾸 되돌아오는 토스카나에서 달빛 세상은 이렇게 야만(野蠻)입니다. 당신이 있는 한, 있고 또 있는 한.

—황학주, 《당신, 이라는 여행》(랜덤하우스코리아) 중에서

황학주 이런 글을 쓰는 사람은 시인일까, 소설가일까? 남자일까, 여자일까? 어른일까, 아이일까? 사랑하는 사람일까, 사랑 받는 사람일까? 무슨 일을 하든 상관없다. 이런 글을 쓰는 사람이라면!

화려한 볼거리가 있어야 한다

중간구성문제

중간은, 시작과 끝 사이에 있다. 글의 시작과 중간과 끝을, 나는 이렇게 설명하고 싶다. 몇 해 전, 서울 강북의 어느 구 어느 거리에 삐끼들이 난무한 적이 있다. 삐끼들은 취객들에게 다가가 이렇게 말한다.

"멋진 쇼 있습니다. 아가씨들 화끈합니다. 한 번 보시렵니까?"

이 말에 혹한 술꾼들은, 삐끼들을 따라 술집으로 들어간다. 시작은, 독자들을 끌어들이는 삐끼의 몸짓이다.

술집으로 들어가면, 은밀한 룸으로 안내된다. 술꾼들에게 양주와 맥주가 제공된다. 룸의 테이블은 넓고 튼튼해야 좋다. 술꾼들이 양주 대 맥주를 2대 8로 섞어 서너 잔 돌리고 나면, 아가씨들이 들어온다. 아가씨들은 가만히 앉아서 접대하는 것이 아니다. 한 명은 노래하고, 한 명은 춤을 추고, 한 명은 테이블 위에 올라가 옷을 벗기 시작한다. 개인기! 그렇다. 이 일대 술집의 특징은 이것이다. 단순히 얼굴로 먹고사는 게 아니다. 구라로 손님을 즐겁게 하는 것이 아니다. 2차 가자고 꼬드기는 것이 아니다.

뮤지컬학과를 다니다 중퇴한 여자는 노래하고, 백댄서 생활 좀 해본 여자는 춤을 추고, 노출증 치료를 몇 번 받은 여자는 옷을 벗는다. (나는 이런 곳에 가본 적이 없다. 이야기만 들었을 뿐…… 아니, 춤추는 여자가 나오는 곳까지는 가 봤다. 음음. 왜 이리 덥냐.)

손님들은 흥이 오른다. 바로 이 부분이 '중간'이다. 중간은, 쇼가 펼쳐지는 시간이다.

마지막으로, 노래하는 여자는 애창곡을 부르고, 춤추는 여자는 광적인 비틀기를 선보이고, 옷 벗는 여자는 이날 돈 낼 사람(봉이라고도 부른다) 얼굴로 하나 남은 속옷을 튕긴다. 봉은 두둑한 지갑을 열어 팁을 날린다.

끝은 팁을 부르는 히든카드다. 기분 좋게 지갑을 열어야 쇼가 끝난다. 노래를 못하면 악이라도 써야 하고, 춤을 못 추면 목이 부러져라 헤드뱅잉이라도 해야 하며, 옷을 벗지 못하면 순간접착제처럼 봉에 착 달라붙기라도 해야 한다. (이게 화류계 여성들의 비애다. 남자들아, 제발 우리 이런 데 가지 말자. 여성들도 호스트 바 가서 똑같이 즐긴다고? 아, 예…….)

다시 말하자. 중간은? 쇼가 벌어지는 현장이다. 글에서도 마찬가지. 중간에는 화려한 볼거리가 등장해야 한다. '감자 시리즈'를 예로 들어 보자.

(a) 감자 삼 형제가 정체성을 고민하기 시작했다. '우리는 과연 감자 인가?'

삼 형제는 집을 나섰다. 자신을 찾기 위해서였다.

가다가 세 갈래 길이 나왔고 형제는 헤어졌다.

(b) 첫째 감자가 할머니를 만나 물었다.

"할머니, 저 감자 맞아요?"

가는귀먹은 할머니는 대답했다.

"무라고~?"

첫째 감자는 좌절했다.

둘째 감자는 아이들을 만났다.

"얘들아, 나 감자 맞지?"

아이들이 대답했다.

"당근이지!"

둘째 감자도 좌절했다.

(c) 셋째 감자는 최불암 아저씨를 만났다.

"아저씨, 저 감자 맞죠?"

최불암 아저씨는 웃으며 말했다.

"파~"

셋째 감자도 좌절했다.

　위의 글을 보자. (a)는 시작이다. 삐끼인 필자가 독자를 혹하게 하는 부분이다. (b)는 쇼가 벌어지는 부분이다. 할머니와 아이들의 대답에 좌절하는 감자를 생각하며 관객은 웃는다. (c)는 결정적이다. 더 이상의 설명이 필요 없다. 여기서 터진다. 독자는 지갑을 열어 돈을 꺼낸다. 물론, 이 이야기를 미리 알고 있는 사람은 팁을 주지 않겠지만(만약 당신이 알고 있는 유머를 사장님이나 부장님이 할 때는 몰랐다는 듯, 재미있다는 듯, 무조건 크게 웃어라. 그래야 사랑받는다. 에휴, 사회 생활 하기가 왜 이리 힘드냐.)

Writing Rules

중간에는, 쇼를 하라. 쇼를.
흥미로운 도입부로 독자를 유혹했다면 글의 중간에는
화려한 볼거리를 등장시켜야 한다.

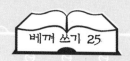

내가 쓰고 내가 읽고 내가 웃는다는 건 실없는 노릇이다. 그런데 그게 재미있어서 나는 가끔 내가 쓴 걸 읽어 본다. 읽다 보면 내가 빠진다. 누가 이렇게 훌륭한 소설을 써서 나를 감득하게 하는가. 바로 나다. 그 소설을 어떤 이유로 어떻게 썼는가를 모르는 나다. 내가 쓴 걸 잊어먹고 거 참, 웃기는 자식이네, 내가 쓰려고 했던 걸 먼저 써 버렸네 하고 이를 갈며 질투할 정도로 기억력이 형편없는 나다.

이런 나를 알고 있는 사람들도 가끔은 기가 차는 모양이다. 아니, 제가 써 놓고 제가 웃어? 잘해 보셔. 잘났어. 그런 말을 듣곤 한다. 뭐 어때, 좋으면 좋은 거지. 그러면서 나는 내 안에 쓰는 사람과 읽는 사람, 즐기는 사람이 공존하고 있고 그 세 존재는 칼로 딱 갈라놓은 수박처럼 확연하게 다르지만 원래는 하나인 괴상망측한 놈들이라는 말을 우물거려 보기도 한다. 상상력이 나보다 세 배쯤 뛰어나고 순발력은 나보다 스무 배쯤 뛰어난 내 친구는 그 말을 듣고 나더니 즉각 그럼 네가 바로 주사위란 말이냐, 하고 나를 비웃어 주었다.

친구들에게는 워낙 많이 떠들어온 말이지만 오늘 다

화려한 볼거리가 있어야 한다
231

시 한번 더 떠들어 본다. 첫째, '제가 먼저 신이 올라야 남도 신이 오른다.' 둘째, '내가 먼저 떨어야 남도 나를 무서워한다.' 첫째는 무당의 이야기고 둘째는 병 잘 깨는 깡패 이야기다. 작가는 '저부터 재미있게 써야 남들도 재미있게 본다'인데 나는 천성적으로 재미없는 걸 좀처럼 견디지 못한다. (그것도 견뎌야 대가가 된다고들 한다. 나는 대가가 싫다. 거장이 좋다.) 소설을 계속 쓰는 이유 가운데 첫번째는 기왕 이리 된 거 나라도 재미있어 하자는 것이다. 남들이 재미있어 하는 건 다음 다음의 문제다. 그럼 재미가 뭐냐고? 안 가르쳐준다.

—성석제,《재미나는 인생》(강출판사) 중에서

성석제 우리 시대 최고의 이야기꾼. 소설집《내 인생의 마지막 4.5초》,《황만근은 이렇게 말했다》, 장편《왕을 찾아서》,《인간의 힘》, 산문집《유쾌한 발견》등을 썼다. 무엇에 대해서든-그것이 머리카락 뭉치일지라도-재미있게 쓸 줄 아는 작가다.

26강 끝을 위한 비장의 무기를 마련하라

글의 결말

    앞에서 끝(마무리=결말)은 팁이 나오게 하는 결정적 한 방이라고 했다. 개인기 쇼를 하는 호스트 혹은 호스티스들에게는 끝을 위한 비장의 무기가 있다. 그럼 글을 쓰는 사람에게는? 우리에게도 뭔가가 있어야 한다. 선배 작가들은 그 '뭔가'를 이렇게 불렀다.

    반전, 아이러니, 독자의 기대에 대한 배반, 키커(Kicker, 기억에 남을 만한 칼럼의 끝 문장을 말함. 읽는 이의 엉덩이를 걷어찰 만큼 멋진 마무리라는 뜻 아닐까?), 임팩트, 뒤통수를 치는 것, 빵 터지게 하는 유머, 그로기 상태의 독자를 KO시키는 카운터 펀치, 완전 대박, 짱! (뒤의 두 개는 후배들이 알려줌.)

박재동의《인생만화》의 한 부분을 보자.

(a) 내가 천 년을 살아야 하는 이유

진달래야 어쩌자고 이토록 피어 날 못 견디게 하니?
개나리야 어쩌자고 날 간질여 놓아 못 견디게 하니?
진달래가 피면 진달래를 그려야 하고
개나리가 피면 개나리를 그려야 하고
목련이 피면 목련을 그려야 하고
고들빼기가 피면 고들빼기를 그려야 하고
무꽃이 피면 무꽃을 그려야 하고
배추꽃이 피면 배추꽃을 그려야 하고…….
그러니 내가 천 년을 살아야 하는 이유를 알겠지?
그러니 꽃들아 내가 천 년을 살도록 하느님께 속삭여주렴.

여기까지도 하나의 글이다. 아무 문제가 없다. 그런데 박재동은 위처럼 끝내지 않았다. 비교를 위해 원래의 글 전문을 싣는다.

(b) 내가 천 년을 살아야 하는 이유

진달래야 어쩌자고 이토록 피어 날 못 견디게 하니?
개나리야 어쩌자고 날 간질여 놓아 못 견디게 하니?

진달래가 피면 진달래를 그려야 하고
개나리가 피면 개나리를 그려야 하고
목련이 피면 목련을 그려야 하고
고들빼기가 피면 고들빼기를 그려야 하고
무꽃이 피면 무꽃을 그려야 하고
배추꽃이 피면 배추꽃을 그려야 하고…….
그러니 내가 천 년을 살아야 하는 이유를 알겠지?
그러니 꽃들아 내가 천 년을 살도록 하느님께 속삭여주렴.
이러고 있는데 또 매화가 피었다.

(a)처럼 써도 된다. 그래도 팁은 받는다. 독자들은 슬그머니 미소를 지으며 한 5만 원쯤 팁을 지불하려 할 것이다. 그런데! 박재동은 어떻게 끝내야 하는지 아는 사람이다.

……

목련이 피면 목련을 그려야 하고
고들빼기가 피면 고들빼기를 그려야 하고
무꽃이 피면 무꽃을 그려야 하고
배추꽃이 피면 배추꽃을 그려야 하고…….

이렇게 하소연을 하면서 능청을 떨더니,

그러니 내가 천 년을 살아야 하는 이유를 알겠지?

그러니 꽃들아 내가 천 년을 살도록 하느님께 속삭여주렴.

이라고 기원한다. 여기까지 써 놓고 안심해도 되련만,

이러고 있는데 또 매화가 피었다.

이렇게 한 방을 먹인다. '역시!'라고 파안대소하면서, 독자는 5만 원권을 집어넣고 수표를 꺼내서 팁을 건넨다. 그리고 생각한다. '팁이 아깝지 않구나, 다음에 또 와야지(훌륭한 결말이구나. 다음에 이 작가의 글을 또 읽어야지……)'라고.

끝에는 한 방이 있어야 한다.
독자가 다음에 당신의 글을 또 읽고 싶게 하려면
인상적인 결말을 위한 한 방을 준비해야 한다.

베껴 쓰기 26

    문예창작학과 학생들이 가장 많이 토로하는 고민 중
하나가 '과연 나에게 재능이 있을까'라는 의혹이다. 우리
의 예술 교육은 군계일학의 천재를 지향하면서 동시에
알록달록한 재능을 가진 수많은 아이들의 기를 죽여 온
것은 아닐까. 나 또한 예술은 '아주 특별한 사람들'의 배
타적 영역이라는 선입견에서 오랫동안 벗어나기 어려웠
다. 문학을 사랑했지만 '감히' 작가의 꿈을 꿔 보지 못한
이유도 '내게는 재능이 없다'는 절망 때문이었다. 그러나
지금은 내 수업을 함께하는 학생들에게 '감히' 말할 수
있을 것 같다. 재능은 광에서 곶감 꺼내 먹듯 정해진 분
량을 소진하는 것이 아니라고. 재능은 뜻밖의 타인과의
부딪힘을 통해, 알 수 없는 세계와의 충돌을 통해, 감당
할 수 없는 사건과의 조우를 통해 매일매일 우리가 모르
는 사이에 제련되고 폭발하고 잉태되는 것이라고. 재능
은 꿈을 포기하지 않는 무구한 집중에서, 낯설고 어이없
는 타인을 만나 그를 미치게 사랑하는 시간 속에서, 끊임
없이 '나 아닌 나'를 향해 질주하는 과정 속에서 발견되
는 것이라고. 그러므로 우리의 문제는 재능을 발견하지
않으려는 아집과 태만에 있는 것이지 재능의 유무 자체

가 아니라고. 누구도 자신의 재능을 스스로 발견하는 재
능을 가질 순 없는 것이 아닐까.

—정여울, 《미디어 아라크네》(휴머니스트) 중에서

정여울 문화평론가. 《아가씨, 대중문화의 숲에서 희망을 보다》, 《모바일 오디세이》 등을 썼다.

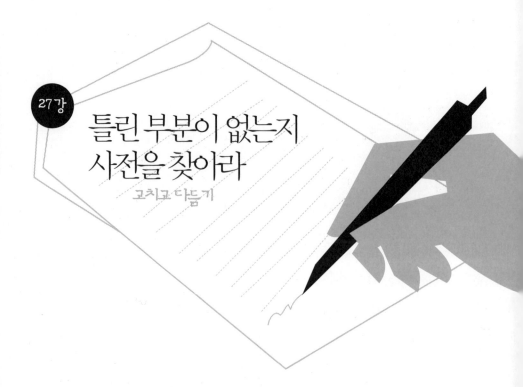

27강

틀린 부분이 없는지 사전을 찾아라

고치고 다듬기

다음 글에서 틀린 부분을 골라라.

❶ 서울에서 살다가, 초등학교를 졸업하고 강원도 화천으로 터를 옮겨 중학교 때까지 산과 들을 벗삼아 학교를 다녔다.

❷ 사진에 대한 설명과 묘사를 그의 이미지에 맞게 부드럽고 따뜻하게 썼다.

❸ 그런 불편함을 무릅쓰고 다니기엔 헬스클럽에 단점이 너무 많았다.

❹ 그 사람은 자신이 어디를 가든 뽐내나는 짓을 해야 한다고 믿었다.

❺ 뭣모르고 나대다간 욕이나 실컷 먹고 돌아가야 하는 곳이 바로

여기다.

독자의 수준을 어떻게 보는 거야! 하고 외칠지도 모르겠다. 그런 분들께는 죄송하다. 그러나 위의 글들은, 모두 대졸자(심지어 대학원 졸업자도 있음)들의 글이다. 내가 지어낸 것이 아니다. 글쓰기 수업을 위해 모인 사람들이 과제로 제출한 문장들이다.

실수일 수도 있고, 퇴고를 하지 않아서 이렇게 쓸 수도 있다. 하여간 틀린 것은 틀린 것이다.

❶ '옴겨' → '옮겨' / '벗삼아' → '벗 삼아'로 고치면 된다. 혹 이 글을 쓴 이는 산과 들의 벚나무를 벗 삼아 놀았다는 뜻으로 이렇게 쓴 것일까?

❷ '이미지에 맑게' → '이미지에 맞게'로 고치면 된다.

❸ '무릎쓰고' → '무릅쓰고'로 고치면 된다. 이 부분은 실수로 잘못 쓴 것 같다. 나도 가끔 이렇게 쓸 때가 있다. 특히 손이나 발이 아니고 무릎을 써 가며 어떤 행동을 할 때는 글도 이렇게 쓴다…….

❹ '뽀대나는' → '뽀대나다'는 말은 국립국어원 표준대사전에 올라와 있지 않은 말이다. 네이버 오픈 사전에는 올라와 있다. 멋있다는 뜻으로 쓰인단다. 2010년 초, 한 출판사는 잡지에 '뽀대나는

인생을 살기 위해 태어났다고 믿는 분을 모집합니다'라는 직원 채용 공고를 내기도 했다. 이런 말을 써야 하나 말아야 하나? 나도 정답을 모르겠다. 한 번 진지하고 뽀대나게 고민해 보자.

❺ '뭣모르고' → '멋모르고'로 고치면 된다. 멋모르고 '뭣모르고'라고 썼다간 정말 뭐를 몰라도 한참 모르는 사람이 된다.

지금까지 고친 표현들은 모두 표준어와 띄어쓰기를 잘못 사용한 경우다. 아래아한글이나 워드 같은 쓰기 프로그램에는 맞춤법 도구가 있어 표준어와 띄어쓰기를 틀리게 쓰면 빨간 밑줄 표시를 나타낸다. 밑줄 표시된 부분의 단어를 바르게 고쳐 주면 된다. 이때는 네이버 검색창이나 사전에 틀리게 표시된 부분의 말들을 써 넣어 보고, 가까이 있는 옳은 말로 바꿔 주면 된다.

예를 들어 '무릎쓰다'를 검색창에 넣으면 아래 창에 '무릅쓰다로 검색하시겠습니까?'라는 말이 나온다. 이걸 클릭하면 옳은 표현이 나온다.

그러나 아래아한글의 맞춤법 기능이나 교정에만 의지할 수 없다. 위의 ❷번 같은 예다. '맡게'라는 말은 '비켜 봐. 냄새를 맡게.' 같은 말을 할 때는 맞는 표현이다. 그러나 ❷번 문장 안에선 틀린 표현이다. 맞춤법 기능이나 교정 기능은 전체 문맥상 적절한지 그렇지 않은지 하는 문제까지 지적해주지 못한다.

결국 헷갈리는 표현이 있으면 직접 사전을 찾아서 바른말로 고치는 수밖에 없다. 종이책 사전이든 전자 사전이든 인터넷 검색창이든 상관없다. 글을 쓸 때는 늘 사전과 함께해야 한다. 글쓰기는 '사전 찾으며 쓰기'다. 그냥 글쓰기란 건 없다.

Writing Rules

오른손으로 글을 쓸 때, 왼손은 사전을 찾아라.
맞춤법과 띄어쓰기는 글쓰기의 기본이다.
헷갈리는 표현은 국어사전을 찾아볼 것!

세상의 좋다는 물건들은 이미 다 써본 얼리어답터들에게는 공통점이 있다. 디지털의 불편과 한계를 먼저 실감하고 있다는 점이다. 이들은 외려 아날로그의 가치에 주목한다. 수첩을 다시 사용하고 연필과 만년필을 가지고 다닌다. 내가 알고 있는 얼리어답터들은 모두 디지로그(디지털+아날로그)의 필요성에 공감한다. 체험주의자들은 불필요한 것을 빨리 덜어낼 줄 안다. 그들의 합리적 선택이 돋보이는 이유다. 첨단은 과거의 익숙함과 결합했을 때 더 큰 효용성을 만들어낸다.

폼 나는 최신 기기라도 배터리 없이 작동되는 물건은 없다. 이동을 전제로 살아가는 디지털 노마드에게 배터리란 복병은 가장 큰 위협이다. 온갖 약은 수를 써 봐도 전원이 끊기면 무용지물로 변하는 물건이 첨단의 현주소라 할까.

이젠 가장 가까운 사람의 전화번호도 외우지 못한다. 휴대전화를 잃어버리면 서로의 관계는 황당하게 끊어진다. 전화번호는 기억하는 게 아니라 누르는 것으로 바뀐 지 오래다. 기억의 필요는 여전하지만 아무도 기억하지 않는다. 기억을 대신하는 휴대전화의 편리함에 이미 종

속되어버린 우리들이므로.

　기억의 도구로 여전히 위력을 발휘하는 물건은 바로 수첩이다. 수첩은 배터리와 부팅 과정이 필요 없다. 혹한의 시베리아에서도 태평양 한가운데서라도 바로 펼쳐 쓰고 볼 수 있다. 수첩에 쓰인 내용은 해킹 당하지도 않고 파일 손상의 위험도 없다. 뭔가 끼적거리는 동안 생각은 정리되고 상상력마저 발동된다. 종이에 무엇인가 써 두는 일은 세월을 통해 입증된 완전한 기록 방법이다.

—윤광준, 《윤광준의 생활명품》(을유문화사) 중에서

윤광준　사진가이자 오디오 칼럼니스트. 《소리의 황홀》, 《잘 찍은 사진 한 장》 같은 책을 썼다. 열려 있고 깨어 있으며 통달해 있다. 너그럽고 재미있고 털털하다. 사진이든 책이든 오디오든, 미쳐서狂 미친及 사람이다.

책이 내 것이라야
책속 내용도 내 것이 된다
글쓰기를 위한 책 읽기

글을 잘 쓰려면 책을 읽어야 한다. 여기에 대해선 지구상의 모든 사람이 동의하는 바다. 글쓰기의 기초와 뿌리가 독서에 있음은 다산 정약용 선생도 아들들에게 편지로 당부했다.

"글을 쓰려고 한다면 반드시 먼저 세상을 다스리는 경학(經學)을 읽어서, 문장의 기초와 뿌리를 단단하게 세워두어야 한다. 그런 다음에 역사 관련 서적들을 두루 공부하여 나라와 개인이 흥망성쇠하는 근원을 알아야 하고, 일상생활에 유용한 실용 학문에도 힘을 쏟아 옛사람들이 남겨 놓은 경제서(經濟書)를 즐겨 읽어야 한다. 마음속에 항상 모든 백성을 보살피고 모든 사물을 기르려는 생각을 품은 후에야, 글을 읽은 참다운 사람이라고 할 수 있다."(정약용,《다산시문집》'두 아들에게

부처(寄兩兒)에서 인용)

그럼, 다독(多讀)과 속독(速讀)이 최선일까?《일식》으로 아쿠타가와 상을 수상한 일본의 작가 히라노 게이치로는 그의 책《책을 읽는 방법》에서 이렇게 말한다.

"우리는 몇 년 전에 비해 훨씬 용이하게, 훨씬 많은 책을 손에 넣을 수 있게 되었다. 그러나 그 덕분에 우리가 옛날 사람들보다 지적인 생활을 한다고 할 수 있을까? 아무래도 그건 아닌 것 같다. 구텐베르크가 활판 인쇄술을 발명하기까지 서적은 당연히 손으로 써진 것이었고, 그만큼 귀중한 것이었다. 당시에는 일반적으로 책이 거의 유통되지 않았다. 칸트나 헤겔이 평생 동안 독파한 책의 권수가 지금의 기준으로 보면 의외로 적다고 해서, 그들을 무지하고 어리석은 인간이라 평가하는 사람은 없을 것이다. 음악의 세계도 마찬가지다. 재즈 뮤지션 마일스 데이비스는 어렸을 때 레코드를 세 장밖에 가지고 있지 않았다.

요컨대 옛날 사람들은 모두 슬로 리더였고 슬로 리스너였던 것이다. 독서량은 슬로 리딩이 가능한 범위로 충분하며, 그 이상은 무의미하다. '양'의 독서에서 '질'의 독서로 발상을 전환해야 한다."

천천히 읽으라는 말이다. 이해하며 읽으라는 뜻이다. 얼마나 많이 읽었느냐가 문제가 아니라 얼마나 꼼꼼히 읽었느냐가 중요하다는 의미다.

한 달에 한 권의 책을 읽더라도 세세히 읽어라. 생각하면서 읽어라.

반복해서 읽어라. 그게 일주일에 서너 권의 책을 생각 없이 읽는 것보다 낫다.

더불어, 책은 꼭 사서 읽어라.

번역가이자 독서광인 김명철은 그의 책《북배틀》에서 말한다.

"책은 깨끗이 볼수록 머리에 남는 게 없는 법이다. 밑줄, 동그라미, 네모, 그리고 빈 여백에는 메모도 해두어야 한다. 자기 의견을 적어 둘 수도 있고, 갑자기 생각난 다른 자료, 그리고 같은 책의 어떤 부분과 연관성이 있는지 적어둘 필요도 있다."

책에 줄을 긋고 접어 놓고, 심지어 찢어 놓으려면, 내 책이어야 한다. 도서관에서 빌려온 책을 훼손할 수는 없다. 한 번 읽고 말 책이라면 도서관에서 빌려 읽어도 된다. 그러나 필요한 책은 되도록 돈 주고 사서 봐라.

빌려온 책과 사서 읽는 책은 전혀 다르다. 전세와 내 집의 차이라고 할까? 전세로 살면서 인테리어 예쁘게 꾸미고, 쓸고 닦고, 공들이는 사람이 있을까? 어차피 남의 집, 대충 살다가 나가면 그만이다. 5억짜리 전세 사는 사람보다 3억짜리 내 집에 사는 사람이 더 잘 꾸며 놓고 산다. 내 집이고 내 소유일 때, 더 속속들이 알고 더 신경 써서 다듬는다. 어디 한 군데라도 고장이 나면 손수 고친다. 처음 사서 들어간 집이라면 손톱만 한 흠이라도 날까봐 노심초사한다. 손길이 많이 갈수록 확실한 내 집이 되기 때문이다. 전세 사는 사람은? 전등 하나 나가도 주인한테 전화한다. 페인트가 벗겨지거나 말거나, 물이 새거나 말

거나, 먹고 자는 데 큰 문제가 없으면 참는다. 이렇게 되뇌면서. '2년만 참자……'

　책도 마찬가지다. 내 것이어야 내 것이 된다. 이 책을 읽는 당신! 설마 도서관에서 빌려 온 책에다 대고 베껴 쓰는 건 아니겠지!

Writing Rules

글쓰기의 기초와 뿌리는 독서에 있다.
단, 책은 사서 읽어라. 내 책이라야 밑줄도 긋고 메모도 하고
심지어 찢어놓을 수 있지 않겠나.

책이 내 것이라야 책속 내용도 내 것이 된다

칸트가 말했듯이 사람은 생각하는 존재이긴 하지만 생각하는 바에 관해서도 자유로운 존재는 아니다. 나는 지금 무척 많은 생각을 갖고 있다. 하지만 그 생각들은 내가 만들어 가진 게 아니다. 사회를 살아가면서 갖게 된 것이다. (……)

그런데 17세기 인문학자 스피노자가 강조했듯이 사람은 모두 자기 생각을 고집한다. 나 역시 내가 지금 갖고 있는 생각을 고집한다. 흥미롭지 않은가? 내가 만들어 갖거나 선택한 것이 아님에도 나는 지금 무척 많은 생각을 갖고 있으며 그 생각들을 고집한다. 그리고 그 생각을 고집하면서 내 삶을 살아간다. 만약에 내가 지금 고집하는 내 생각이 잘못된 것이라면? 그래서 내 삶을 그르칠 수 있다면?

여기서 잠깐, 우리 몸과 생각의 차이에 대해 생각해 보자. 우리 몸은 건강하지 않을 때 대부분의 경우 통증을 느끼거나 열이 오르는 등 자각 증세를 보인다. 몸은 건강하지 않을 때 건강하지 않다는 신호를 보내 주는 것이다. (중략)

그렇다면 우리 생각은? 몸이 병에 걸렸을 때처럼 잘못

책이 내 것이라야 책속 내용도 내 것이 된다

된 생각을 가졌을 때에도 자각 증세를 보일까? 가령 히틀러는 자신의 생각이 잘못된 것이라고 자각했을까? 그렇지 않다는 것을 우리는 안다. 히틀러는 자신의 생각을 끝까지 고집했다.

사람은 합리적 동물이기보다 합리화하는 동물이다. 나 또한 그릇된 생각을 갖고 있는데 자각 증세가 없어서 그 생각을 고집하며 살아간다면? 나 또한 지금 갖고 있는 생각을 합리화하면서 고집하며 살아간다면?

우리가 끊임없이 거꾸로 생각해 봐야 하는 까닭은 너무나 분명한 게 아닐까? 내 삶을 그르치지 않고 사회를 해치지 않기 위해서.

—홍세화,《거꾸로 생각해 봐! 세상이 많이 달라 보일걸》(낮은산) 중에서

홍세화 언론인. 작가.《나는 파리의 택시 운전사》,《쎄느 강은 좌우를 나누고 한강은 남북을 가른다》
《생각의 좌표》 등을 썼다.

책이 내 것이라야 책속 내용도 내 것이 된다

257

29강

기록이 모이면
한 권의 책이 된다
메모의 힘

"애플의 창업자 스티브 잡스가 참여한 픽사는 1993년 디즈니와 세계 최초의 3D 애니메이션 영화를 만들기로 했다. 본격적인 시나리오 구상이 시작되자 픽사의 복도에는 온통 스토리보드판이 걸렸다. 스토리 작가들과 애니메이터들은 아이디어가 떠오를 때마다 즉석에서 메모하고 스케치하여 스토리보드판에 붙였다. 그렇게 해서 3억 5,800만 달러의 수익을 기록한 〈토이스토리〉가 탄생했다.

스토리 작가들과 애니메이터들이 스토리판에 붙인 것이 '메모'였고 그러한 메모로 완성된 토이스토리가 한 편의 '기록'이다……. 메모는 임시로 그리는 크로키와 같고, 기록은 하나의 완성된 그림인 스케치와 같다."

기업사 전문작가 유귀훈은 그의 저서 《유귀훈의 기록노트》에서 위와 같이 말했다. 글쓰기의 재료는 무엇일까? 우리의 경험과 생각이다. 생각은 매일 오전 11시에만 떠오르는 것이 아니다. 길을 가다가도, 운전을 하다가도, 잠을 자다가도 떠오른다. 이때 스쳐가는 생각을 잡는 법은 단 하나, 적어 놓는 것이다.

아이디어는 적어 놓기 전까지는 아이디어가 아니다. 메모해라. 메모를 모아야 기록이 되고, 기록이 모이면 한 권의 책이 된다. 스콧 피츠제럴드Scott Fitzgerald, 앤 라모트Anne Lamott, 조지프 헬러Joseph Heller 같은 유명한 작가들도 늘 메모지를 주머니에 넣고 다녔다. 순간순간 떠오르는 아이디어를 적어 놓기 위해서다. 아이디어는 적어 놓지 않으면 3분 뒤에 도망간다.

머릿속이 백지처럼 비어 있을 때, 메모지와 연필을 꺼내 아무 낙서나 하다 보면, 좋은 생각이 떠오를 때도 있다.

메모해 놓은 것들을 나열해 놓고 혼자 중얼거리다 보면 뜻밖의 글감이 생기기도 한다. 못 믿겠다고? 당장 메모부터 해보라.

Writing Rules

아이디어는 떠오를 때 바로 적어 놓아라.
스쳐가는 생각을 잡는 법은 오직 하나, 메모뿐이다.
아무리 좋은 생각도 적어 놓지 않으면 도망간다.

왜, 여자인가. 남자도 속도에 치이고, 핸드폰 벨소리에 쫓기고, 산더미 같은 일거리에 치이고, 자동차 소음에 시달리기는 매한가지인데. 왜 여자가 압도적으로 제주 올레를 찾는가······.

나는 생각한다. 여성이 남성보다 자연친화적이고 덜 경쟁적이어서 평화로운 올레, 생태주의 올레를 더 좋아하는 게 아닐까, 라고. 남신이 전쟁의 신이라면 여신은 풍요의 신이다.

남자들은 걷기보다는 달리기를 좋아한다. 평화보다는 전쟁, 공존보다는 경쟁에 익숙하도록 긴긴 세월 교육 받고 길들여져 왔다. 산을 오르더라도 산의 너른 품에 오래 깃들이기보다는 경주라도 하듯 정상에 먼저 도달하려고 애쓴다. 심지어 그것도 성이 차지 않아 산이나 오름에서 달리기 대회를 열기도 한다. 숲이 전하는 말을 들으면서 느릿느릿 올라야 제맛이 나는 게 산이거늘.

반면 여자들은 달리기보다는 걷기를 더 좋아한다. 업적 지향이기보다는 관계 지향인 여성의 속성은 인간만이 아니라 자연에도 적용된다. 길을 걸으면서 들꽃에게도, 풀에게도, 나비에게도 말을 건넬 줄 안다. 파도와도

몸을 섞을 줄 알고 바람과도 희롱할 줄 안다.

생명을 잉태하고 생명을 낳아본 여자는 우주에 깃든 모든 생명에 대해 본능적인 외경심을 갖는다. 여성은 태초의 자연이 그대로 살아 숨 쉬는 올레 길에서 우주의 순수한 에너지에 쉽사리 감응하고 이 길에 깃든 평화의 메시지를 민감하게 받아들인다. 화순 해수욕장 암반 길에서 하늘을 이고 누워 바닷바람을 맞으면서 한 여자는 말했다. "자연이 너무 아름다워서 눈물이 난다."고. 실제 그녀의 눈에는 이슬이 맺혀 있었다.

관계지향의 여성은 사랑하는 이에게 올레를 보여주고 싶어한다. 그녀들은 남편, 아이, 친구, 자매, 직장동료, 동네 이웃, 친정엄마와 더불어 다시 올레를 찾는다. 여자의 올레가 계속되는 까닭이다.

—서명숙,《놀멍 쉬멍 걸으멍 제주 걷기 여행》(북하우스) 중에서

서명숙 제주 올레 이사장. 23년의 기자 생활을 접고 제주 올레를 개척했다. 산티아고 길을 걷다, 문득 그녀의 고향길이 산티아고 길보다 더 아름답다는 것을 깨닫고 귀국해서 사단법인 제주 올레를 만들었다. 그녀와 그녀의 책 때문에 해마다 수만의 올레꾼들이 제주의 아름다움을 느끼고 돌아간다.

30강

술 취해서 썼냐?

반복의 위험

❶ 과거에는 주로 아동을 대상으로 한 글을 썼다. 성인물은 이번이 처음이다. 어른들을 위한 글을 처음 쓰기 때문에 고려해야 할 것도 많다. 우선 독자를 어떻게 한정할 것인가 하는 것이다. 아이들을 대상으로 글을 썼을 때는 미처 생각 못했던 것들, 이를테면 책의 자세한 인용자와 책 이름까지 성인 대상 원고에는 꼭 밝혀야 한다.

❷ 아주 오랜만에 발표를 하게 됐다. 인디라이터 반 학생으로서 내가 누리는 가장 큰 기쁨이 뭘까? 내 글을 쓸 기회가 있고, 내 글을 함께 읽어 주고 고민해 주는 동료들이 있다는 것이 인디반 학생으로서 내가 누리는 가장 큰 기쁨이다.

❸ 이력서를 쓸 때 이력서의 지방을 제거해야 한다. 회사에 다니기 시작해서 5년 정도 지나면 방황하는 시기가 있다. 누구나 직장 생활 5년차가 되면 회사 다니기 지겨워진다. 이때 무턱대고 회사를 그만두는 사람이 있는데 사표를 낼 때 내더라도 다음 단계를 충분히 생각하고 회사에 사표를 내는 게 좋다.

위 글들의 공통점을 알겠는가? 술 취해서 썼다는 것이다. 취객들은 한 말 또 하고 한 말 또 하고 나서 다시 자기가 했던 말을 강조한다. 맨정신으로 듣는다면 괴로운 일이 아닐 수 없다.

위의 글을 고쳐 보자.

❶에서 '성인물'이나 '어른들을 위한 글'이나 마찬가지 말이다. 그리고 '독자를 어떻게 한정할 것인가 하는 것'은 하나 마나 한 말이다. 성인물이라며? 이 문장은 아예 빼도 된다. 다음과 같이 고치면 훨씬 부드럽고 간결하다.

나는 주로 아동을 대상으로 글을 썼다. 성인물은 이번이 처음이다. 그 때문에 고려해야 할 것도 많다. 이전에는 미처 생각하지 못했던 것들, 이를테면 자세한 인용자와 책 이름까지 꼭 밝혀야 한다.

❷를 보면 앞부분에 '인디라이터 반 학생으로서 내가 누리는 가장 큰 기쁨이 뭘까?'라고 해놓고 그 다음 줄에 '내 글을 쓸 기회가 있고,

내 글을 함께 읽어 주고 고민해 주는 동료들이 있다는 것이 인디반 학생으로서 내가 누리는 가장 큰 기쁨이다'라고 반복했다. 같은 말 중에 하나는 빼야 한다. 다음과 같이 고치면 좋다.

　아주 오랜만에 발표를 하게 됐다. 인디라이터 반 학생으로서 내가 누리는 가장 큰 기쁨이 뭘까? 내 글을 쓸 기회가 있고, 내 글을 함께 읽어 주고 고민해 주는 동료들이 있다는 것이다.

또는 이렇게 고쳐도 좋다.

　아주 오랜만에 발표를 하게 됐다. 내 글을 쓸 기회가 있고, 내 글을 함께 읽어 주고 고민해 주는 동료들이 있다는 것이 인디라이터 반 학생으로서 내가 누리는 가장 큰 기쁨이다.

　❸은 '회사 다니기 시작해서 5년 정도 지나면 방황하는 시기가 있다'고 말해 놓고 바로 '누구나 직장 생활 5년차가 되면'이라고 덧붙인다. 왜 한 말 또 하는데? 그 다음 줄에도 보면, '사표를 낼 때 내더라도 다음 단계를 충분히 생각하고 회사에 사표를 내는 게 좋다.'고 썼다. '사표 낸다'는 말을 두 번이나 했다. 한 번만 해도 된다. 다음과 같이 고치면 좋다.

　이력서를 쓸 때도 지방을 제거해야 한다. 회사에 다니기 시작해서

5년 정도 지나면 방황하는 시기가 있다. 누구나 이때쯤이면 회사 다니기 지겨워진다. 무턱대고 회사를 그만두기 전에, 다음 단계를 충분히 생각하는 게 좋다.

성경에 보면 "기도할 때에 이방인과 같이 중언부언하지 말라"는 말이 있다. 하나님도 한 말 또 하고 한 말 또 하면 싫어하신다. 하물며 인간은 어떻겠는가? 글을 쓸 때 중언부언하면, 읽는 사람들은 싫어한다. (하나님은 한 번 말해도 알아듣지만, 사람들은 어리석어 자꾸 말해야 한다고? 음…….)

같은 의미를 갖는 말을 하고 싶다면, 다른 표현으로 바꿔라. 읽는 사람들이 지루하지 않도록.

Writing Rules

한 말 또 하지 마라.
한 번 한 말을 계속 되풀이하는 건 취객들이나 하는 행동이다.
술 취해서 글 썼냐는 말 듣지 않으려면 조심해야 한다.

연애의 제1수칙이 무엇인지 아는가? 바로 고지의 의무다. 내가 어디서 뭘 하든 누구를 만나든 상관 말라는 것은 연애의 예의가 아니다. 사랑을 할 때는 당연히 그 사람에 대해서 더 많은 걸 알고 싶다. 연애하는 과정은 사실 별거 아니다. 이 사람이 어떤 사람인지 알아가는 과정인 것이다. 그러므로 자신에 대한 데이터, 정보를 거짓 없이 제공하는 것이 애인 된 자의 기본 의무인 것이다.

하루에 한 번은 만나고 열 번은 전화하고 문자는 서른 번쯤 하라는 말이 아니다. 일거수일투족을 일일이 보고해야 한다는 의미도 아니다. 애인이라면 적어도 생사확인이 안 돼 불안하게 만드는 일은 없어야 하며 혹, 그런 일이 생겼더라도 사후에라도 사과하고 걱정을 덜어주어야 하는 것이다.

"알아서 뭐하게? 상관하지 마"라는 것은 연인 사이에 할 말은 아니다. 상관을 하는 것이 애인이다. 누구를 만나든 무엇을 하든 아무 상관을 안 한다면 그건 옆집 여자지 애인이 아니다.

여자의 궁금증을 무조건 집착으로 몰아붙이고 구속이 싫다고 부르짖는 남자는 의심스럽다. 물론 연애를 해도

연애와는 상관없는 자기 생활이 있을 수 있다. 애인과 공유가 안 되는 개인의 영역이라는 것도 있기 마련이다. 하지만, 연애를 하게 되면 애인과 같은 영역에 들어 있는, 말하자면 교집합에 속하는 영역들이 생긴다. 예를 들어 주말 오후의 시간이라든가 휴가 계획이라든가 생일 같은 기념일 등이 교집합의 영역이다. 정서적인 면으로는 너무 슬픈 일, 아주 기쁜 일들이 교집합의 영역이다. 둘이서 함께 나누는, 나누어야 마땅한 일들이라는 것이다. 이런 모든 것들에서 자유를 부르짖으며 이런 모든 영역에서의 공유를 거부한다면 연애 자체를 거부하고 있다고 보아도 좋다.

쿨한 것을 좋아하는 남자에게는 이보다 더 쿨할 수 없는 모습을 보여 주는 게 최고다. 아주 쿨하게, 차갑고 냉혹하게 안녕을 고하자. 그가 어이없어한다면 그냥 한마디 해주면 된다.

"왜 그래? 쿨하지 못하게."

—임선경, 《연애 과외》(살림비즈) 중에서

임선경 청소년 드라마 〈신세대 보고 어른들은 몰라요〉, 이혼법정 드라마 〈부부클리닉 사랑과 전쟁〉의 작가로 활동했다. 《아내가 임신했다》, 《징그럽게 안 먹는 우리 아이 밥 먹이기》 같은 책을 썼다.

술 취해서 썼냐?

베껴 쓰기로 연습하는 글쓰기 책

초판   1쇄 발행   2010년 4월 15일
개정판   2쇄 발행   2017년 7월 15일

편저   명로진
펴낸곳   리마커블
펴낸이   김일희

주문처   신한전문서적
전화   031-919-9851
팩시밀리   031-919-9852

리마커블은 ㈜퍼플카우콘텐츠그룹의 단행본 출판 브랜드입니다.

출판신고 2008년 03월 04일 제2008-000021호
주소   서울특별시 영등포구 도림로 464, 1-1201 (우)07296
대표전화 070-4202-9369
팩시밀리   02-6442-9369
이메일   4best2go@gmail.com

Copyright ⓒ 명로진 2016, Printed in Seoul, Korea

ISBN   978-89-97838-90-5 (03800)

책값은 뒤표지에 있습니다.
잘못된 책은 구입한 곳에서 바꾸어 드립니다.

잊을 수 없는 책, 리마커블!